U0002676

韓飯韓文課

오빠, 사랑해요!

必學

人蔘姬、泡菜公主◎著

前言

人蔘姬

　　近年來，韓流大舉入侵，影響所及，不只是影視明星，就連日常生活中的電器用品、美妝保養品以及衣物飾品等也多由韓國進口，加上韓國政府這兩年來積極推動韓國觀光（2010-2012年為韓國觀光年），所以赴韓旅遊的人數也大幅增加，也因此，本屬冷門科系的韓文系，搖身一變而成為當紅炸子雞，坊間的韓文補習班一間間如雨後春筍般林立。

　　本屬中文碩士的人蔘姬也幸運地恭逢其盛，趕搭上了這股韓流熱潮。不但追星追得勤，也跟著自助跑去韓國旅遊好幾趟。雖然首爾這幾年為了迎接大批海外觀光客，許多觀光地點或大眾運輸工具上除了韓文外亦提供有中、英、日三種語言的服務，但對我而言，那終究是隔了一層。為了能更貼近自家偶像的生活圈，更真切感受到他所處國家、地域的氛圍，於是，我開始了韓文的學習。雖然，一開始在記憶韓文字母以及連音規則時頗費功夫的，但只要想到若能學會韓語，就能直接看懂偶像的官網訊息、可以直接聽得懂他說的話、也可以直接寫信給他，我就覺得再辛苦也一定要學會韓語。正是因此之故，也才有了出版本書的契機。

　　本書的寫作目的除了希望可以提供給各位讀者一個輕鬆學韓文的方式外，我們更從偶像明星的角度切入，讓各位粉絲們可以因而更加貼近自家偶像，試想，若能不透過翻譯而直接讀懂、聽懂自家偶像的話，那該是多幸福的一件事啊～。因此，本書的架構就是以10組偶像明星的官網及相關資料為主，首先我們會先介紹各家偶像的官網，教各位讀者看懂網上的簡介，接著則是介紹偶像們曾出演的作品、專輯單曲、經典台詞／歌詞、相關網站等等，其中除了介紹有生字、相關例句外，在每則篇章中也會附上簡單的文法、句型教學。除了偶像明星的簡介外，本書還附有各家偶像的應援方法、韓國交通、住宿的介紹，讓讀者們只要拿著本書，就可以一路追星追到韓國去！

泡菜公主

　　之所以會編寫這本書，是為了幫助大家以最輕鬆無負擔的方式接觸韓語。由於韓語的文字和語言結構都和中文很不一樣，所以對部分初學者來說，即使自己非常想學，卻還是會出現生理上的障礙（？）。希望這本入門書能夠幫助大家打破這第一道關卡，習慣它時時出現在自己身邊，等到不再對它心生抗拒之後，即可選擇進階的書籍學習與閱讀了。

　　和幾年前相比，現在能夠直接接觸韓語的管道越來越多了，我建議大家把韓語當成生活中的一部分、能夠交往一生的朋友，就算現在聽不懂、看不懂也沒關係，只要多多利用電視節目、歌曲、廣播、網路這些豐富的資源，一有時間就多聽多看（可以當作做事情時的背景音），時間一久，也許某天你會驚訝地發現自己已經可以聽懂、讀懂部分內容了。

　　另外，有些人學習外語時非常討厭學習文法，雖然本書中對於文法著墨不多，但我個人認為文法是學習者是否能夠正確理解這個語言的關鍵，所以大家不妨從「文法＝可以幫助你在學習外語時比別人學得更好的好幫手」的角度思考，放下防衛的心態，也許學習時就能更加順利囉。

　　相信大家會拿起這本書，都是因為想要學習韓語，更重要的是對韓星有著滿滿的愛。而我相信只要有愛，沒有什麼過不了的難關（？），所以大家一定沒問題的。在這條長長的路上，我似乎也才走到半途呢……讓我們一起加油吧！

本書使用方法

這本書的內容相當豐富，為了方便讀者可以更快進入學習狀況，以下我們將略述本書的使用方式：

一、在〈Chapter1 跟著人蔘姬直擊偶像明星的祕密花園〉中，每位明星的介紹裡都有「生字輕鬆背」與「說說唱唱學韓文」這兩個單元，在這兩個單元前可以看到一個小耳機的圖案，這是我們為了讓讀者能更清楚掌握韓文發音，而附上有 MP3 錄音檔的標記。所以，只要看到小耳機，就代表著那一部分有 MP3 可聽。

二、本書中的韓文例句與生字下方都附有中文標音，

例如：나는 대만에서　출생했어요 . 我在台灣出生。

　　　哪嫩　貼媽捏搜　　出兒誰應嘿搜唷

這是我們為了方便初學者以最親切的方式掌握韓文發音而特別標示的。因為韓文的音韻規則極多，不像英文一樣可以用一套明確精準的音標系統表示，也不像日文一樣只靠羅馬拼音就可以大約抓住其正確的發音。目前市面上的韓文學習書，有些是用羅馬拼音來標注、有些則是用國際音標來標注，各式註解都有，難免讓人莫衷一是，而且不見得所有人都懂羅馬拼音或國際音標。雖說最正統的學習方法應為完全不依靠其他語言輔助，直接將發音與韓文各字母作連結，但這對一般讀者來說未免過於困難，因此我們才會選用相近的中文或注音符號來標注韓文發音。只要讀者能夠配合 MP3 及中文標音勤加練習，再稍微翻閱過〈Chapter3〉，大略熟悉一下韓文字母，相信就能

夠漸漸地記住各字母的發音，而不需死記硬背。另外要特別注意的是，中文標音中字級較小的字，表示的是前一個字的尾音，不獨立存在，念的時候請將它和前一個字連在一起。這部分可配合聆聽 MP3，應該會更清楚。

三、本書中的照片，除有標明來自於達志影像者，其餘皆是人蔘姬與泡菜公主實地去韓國追星時所拍，所以版權是歸人蔘姬與泡菜公主所有的。

四、若讀者不只想以第二點有些「取巧」的方式來學韓文，而想以較為道地、紮實的方法來學韓文，那麼建議讀者可直接先翻閱〈Chapter3 泡菜公主快速學韓文的私房秘技大公開〉。在該章中，除了有泡菜公主對韓文字母的詳細介紹、韓文的連音規則之外，另附有簡單、常用的生字。將這個部分記熟後，就可以試著不依靠中文標音，直接念韓文囉！

五、在〈Chapter1 跟著人蔘姬直擊偶像明星的祕密花園〉中，每位明星簡介的後面都附有「文法小進擊」單元，這是為了解說最基礎且常見的句型和文法而特別設計的，希望能夠幫助初學者快速看懂簡單的句子。比如說，韓文語尾會因時態與尊敬程度不同做變化，像是這類小文法我們都會放在「文法小進擊」單元中做簡單說明，以利讀者對韓文文法有一個最基本的認識。不過，因為是「小進擊」，所以書中所提到的文法可能程度較淺、或解說不夠詳盡，若希望能獲得更深入、有系統的知識與文法規則，建議讀者們可以再去尋找坊間其他專門講解韓文文法的書籍來閱讀。

Contents*
目錄

Chapter 1
跟著人蔘姬
直擊偶像明星的祕密花園

Chapter 2
人蔘姬&泡菜公主的追星撇步大公開

Chapter 3
泡菜公主快速學韓文的私房秘技大公開

Chapter 1

跟著人蔘姬
直擊偶像明星的
祕密花園

李昇基 (이승기)

人蔘姬帶你認識
李昇基

照片來源：達志影像
SPORT korea

Profile

출생 1987 년 1 월 13 일, 서울

신체 키 182CM, 체중 70KG

소속 후크엔터테인먼트

데 뷔 2004 년 1 집 앨 범「나 방 의
꿈」

학력 서울 신학초등학교

　　　서울 노곡중학교

　　　서울 상계고등학교

　　　서울 동국대학교
　　　　　국제통상학과 학사

서울 동국대학교대학원 국제통상학과(재학)

취미 음악듣기, 축구

특기 검도

혈액형 B 형

🦋 출생 1987 년　　1 월 13 일 , 서울
出兒誰應　醜恩苦倍趴兒西ㄆ七兒六恩　伊落兒　西ㄆ撒密兒，搜悟兒

出生 1987 年　　1 月 13 日，首爾

🦋 신체 키 182CM　　　체중　70KG
新竊　key 陪ㄅ趴兒西逼誰恩踢米偷　竊住 ng 七兒西ㄆ key 兒囉格雷姆

身體 身高 182CM　　　體重　70KG

🦋 소속 후크엔터테인먼트
SoSo ㄅ 呼ㄅ an 偷貼因門ㄥ

公司 Hook Entertainment

李昇基的公司明明就有英文名稱，那上面那排韓文是什麼啊？因為韓文是拼音文字，所以經常會用韓文標註外來的語言，就像中文裡也會用「哈囉」來表示英文的「Hello」一樣，是接受了外來文化影響的結果。

🦋 데뷔 2004 년 1 집 앨범 「나방의 꿈」
鐵ㄅㄩ 倚抽恩傻妞恩 以兒集ㄆ A 兒伯ㄇ「那邦ㄝ 固姆」

出道 2004 年 第 1 張專輯「飛蛾的夢」

🦋 학력 서울　신학초등학교
夯ㄋㄧㄡㄅ 搜悟兒 新哈ㄅ愁登哈ㄍㄧㄡˋ

學歷 首爾　新鶴小學

　　서울　노곡중학교
　　搜悟兒　NO 構ㄅ廚 ng 哈ㄍㄧㄡˋ

　　首爾　蘆谷中學

　　서울　상계고등학교
　　搜悟兒　傷給口登哈ㄍㄧㄡˋ

　　首爾　上溪高級中學

　　서울　동국대학교 국제통상학과　학사
　　搜悟兒　通咕ㄅ帖哈ㄍㄧㄡˋ　哭界通商哈卦　哈ㄅ薩

　　首爾　東國大學　國際貿易學系 學士

서울　동국대학교대학원　국제통상학과 (재학)

搜悟兒　通咕ㄎ帖哈ㄍㄧㄡ 、 帖哈過恩　哭界通商哈卦 (且哈ㄎ)

首爾　東國大學研究所　國際貿易學系 (在學)

- 취미 음악듣기 , 축구

  屈咪　嗯媽ㄎ特ㄍㄧ，出姑

  興趣 聽音樂 ，足球

雖然官網上目前的資料是這樣，但昇基已經在 2012 年 7 月考上東國大學的影像研究所文化資訊系囉！

- 특기 검도

  特ㄍㄧ　肯都

  專長 劍道

- 혈액형　B 형

  ㄏㄧㄡ咧ㄎㄧ用 B ㄏㄧ用

  血型 B 型

生字輕鬆背

「漢字音」指的是在韓文中有漢字對應的詞彙。韓文受中文影響頗深，有很多詞彙其實都有對應的漢字，對使用漢字的學習者來說，不失為一個幫助記憶的方法。只是在韓國有一派人士主張廢止漢字，國民教育中也不強制要求學生學習漢字，導致現今已經很難在韓國的出版品中見到漢字。甚至有很多年輕人不知道自己名字的漢字要怎麼寫，要到戶政事務所查了才知道。這也是為什麼有許多韓國明星會在使用漢字的國家「正名」的原因。（台灣媒體在尚不知該明星姓名的正確漢字時，多使用音譯）。

- 출생 (出生) ：出生

  出兒誰應

  EX：나는 대만에서　출생했어요 .

  哪嫩 貼媽捏搜　出兒誰應嘿搜唷

  我在台灣出生。

- 신체 (漢字音：身體) ：身體

  新竊

  EX：건강한 신체 .　健康的身體。

  肯康酣 新竊

- 키：身高

  key

EX：너의 키는 얼마나 되느냐. 你的身高多高？

挪せ key 嫩 兒媽那 推呢 nya

체중（體重）：體重

竊住 ng

EX：너는 체중이 얼마나 되니. 你的體重是多少？

挪嫩 竊住 ng 伊 兒媽那 推泥

소속（所屬）：公司、所屬

SOSO ㄎ

EX：인사과에 소속하다. 所屬於人事課。

因撒瓜せ SOSO 咖達

「外來語」指的是從別的語言中借用，並已徹底融入日常生活中的詞彙，在韓語中特指除了漢字語以外的外語。韓語中的外來語以英語為大宗，但也不乏其他國家的語言，例如此處的「debut」即為法語。

데뷔（外來語：debut）：出道

鐵ㄅㄩ

EX：배우로 데뷔하다. 他以演員出道。

胚巫囉 鐵ㄅㄩ哈達

앨범（album）：唱片、專輯

A兒伯ㄇ

EX：그녀는 우리 레코드 자료관에서 이 앨범을 골랐다.

顆妞嫩 無力 咧摳的 掐溜瓜捏搜 伊 A兒伯ㄇ兒 口兒拉達

她從唱片儲藏室中拿出了這張唱片。

학교（學校）：學校

哈ㄍㄧㄡ丶

EX：학교에서 돌아오다. 從學校回來。

哈ㄍㄧㄡ丶せ搜 偷拉喔達

국제（國際）：國際

哭界

EX：그는 국제중 유명한 사람이다 ． 他在國際間很有名。

顆嫩 哭界住ng Ｕ謬ㄥ漢 撒拉咪達

✤ 취미（趣味）：興趣

屈咪

EX：나는 요새 독서에도 취미가 없다 ． 我最近對閱讀沒興趣。

哪嫩 油誰 偷ｋ搜世都 屈咪嘎 喔嘆達

✤ 음악（音樂）：音樂

呃媽ㄎ

EX：고전 음악 ． 古典音樂。

摳周ㄅ 呃媽ㄎ

✤ 축구（蹴球）：足球

出姑

EX：미국인들은 축구를 매우 좋아한다 ． 美國人非常喜歡足球。

咪姑《一ㄣ的ㄌㄣ 出姑ㄌ 咩巫 醜啊漢達

✤ 특기（特技）：專長

特《一

EX：그는 노래가 특기다 ． 他的專長是唱歌。

顆嫩 NO 咧嘎 特《一達

✤ 검도（劍道）：劍道

肯都

EX：검도장 ． 劍道場。

肯都醬

✤ 혈액형（血液型）：血型

厂一ㄡ咧ㄎ一用

EX：내 혈액형은 Ｏ형이다．　我的血型是 Ｏ 型。

內 ㄏㄧㄡ咧ㄎㄧ用恩　歐ㄏㄧ用伊達

✚ 昇基的歷年代表作

✿ 電視劇作品

2005 年　《Nonstop5》飾　李昇基　（논스톱 5--- 이승기）

儂斯透普 5--- 以僧ㄍㄧ

2006 年　《家有七公主》飾　黃太子　（소문난 칠공주 --- 황태자）

So ㄇㄨㄣ圖 七兒公住 --- 黃貼假

2009 年　《燦爛的遺產》飾　鮮于煥　（찬란한 유산 --- 선우환）

掐兒爛酣 U 散 --- 搜奴煥

2010 年　《我的女友是九尾狐》飾　車大雄

（내 여자친구는 구미호 --- 차대웅）

餒 油價沁古嫩　哭咪吼 --- 掐貼悟 ng

2012 年　《The King 2 Hearts》飾　李在河

（더킹 투허츠 --- 이재하）

頭 King Two 齁疵 --- 以切哈

✿ 主持

2007 年～2012 年 2 月　《兩天一夜》　（1박 2일）

以兒八ㄍㄧ易耳

2009 年～2012 年 3 月　《強心臟》　（강심장）

扛辛姆醬

✿ 韓文單曲／專輯
✹ 專輯

2004 年 6 月 25 日《飛蛾的夢》　（나방의 꿈）

哪棒世　固姆

2006 年 2 月 3 日《Crazy For You》

2007 年 8 月 16 日《離別的故事》（이별이야기）
以ㄅㄧㄡ兒 以呀ㄍㄧ

2009 年 9 月 17 日《Shadow》

2011 年 10 月 27 日《Tonight》

❋ 單曲

2004 年 7 月 21 日《告解》（고해）
口 Hey

2008 年 5 月 19 日《去旅行吧》（여행을 떠나요）
油嘿ㄥㄜ兒 都拿油

2009 年 6 月 18 日《跟我結婚好嗎？》（결혼해 줄래）
ㄎㄧㄡ囉捏 朱兒咧

2009 年 12 月 22 日《就像當初 就如那時》（처음처럼 그때처럼）
抽ㄜ姆抽囉姆 顆 day 抽囉姆

2010 年 6 月 18 日《Smile Boy》

2010 年 8 月 4 日《我一定是瘋了》（정신이 나갔었나봐）
城西你 哪嘎搜恩那 bwa

2010 年 9 月 16 日《現在開始愛妳》（지금부터 사랑해）
起ㄍ姆噗透 撒朗嘿

生字輕鬆背

🌱 공주（公主）：公主
空住

EX：그녀는 공주입니다 ． 她是位公主。
顆妞嫩 空住伊姆妮達

🌱 찬란（燦爛）：燦爛
掐兒爛

EX：찬란한 햇살.　燦爛的陽光。

掐兒爛漢　嘿殺兒

🍀 유산（遺產）：遺產

U 散

EX：그는 많은 유산을 받았어요.　他得到了很多遺產。

顆嫩　馬嫩 U 撒呢兒　趴他搜唷

🍀 여자친구（女子親舊）：女朋友

油價沁古

EX：그의 여자친구가 너무 예뻐요.　他的女朋友很漂亮。

顆せ　油價沁古嘎　挪木　也剝唷

🍀 사랑：愛情、愛

撒朗

EX：사랑해요.　我愛你。

撒朗嘿唷

🍀 심장（心臟）：心臟

辛姆醬

EX：나는 강심장을 보는 것을 좋아해요.　我喜歡看強心臟。

哪嫩　扛辛姆醬兒　剖嫩　狗思兒　醜啊嘿唷

🍀 나방：飛蛾

哪棒

EX：나방은 알을 낳고 그렇게 라이프 사이클을 되풀이한다.

哪棒恩　阿勒兒　哪摳　可囉 K　喇伊ㄆ　撒一顆ㄌ兒　推噗哩漢打

飛蛾產卵，並重複著生命的週期。

17 🌿

🦋 이별（離別）：離別

以ㄅㄧㄡ兒

EX：쓰라린 이별 .　痛苦的離別。

撕拉淋　以ㄅㄧㄡ兒

🦋 이야기：故事、談話、傳聞

以呀ㄍㄧ

EX：이야기를 하자면 깁니다 .　這是個很長的故事。

以呀ㄍㄧㄌ兒　哈架謬恩　Kim 尼達

🦋 고해（告解）：告解、坦白、承認

口 Hey

EX：그는 고해하여 죄의 사함 받았다 .　他承認犯了罪。

顆嫩　口 Hey 哈唷　催世　撒哈姆　怕他打

🦋 떠나다（原形）：去…、離開

都拿打

EX：서울로 떠나다 .　去首爾。

搜悟兒囉　都拿打

🦋 그때：那個時候、那時

顆 day

EX：그때의 약속을 잊었는가？　你忘了那時的約定了嗎？

顆 day 世　亞ㄎ SO ㄍ兒　以周恩嫩嘎？

🦋 지금（只今）：現在

起ㄍ姆

EX：지금 출발합니다 .　現在立刻出發。

起ㄍ姆　觸兒八拉姆尼達

🦋 부터 : 從…開始

噗透

EX : 여기부터 한국 영해이다 .　從這裡開始是韓國的領海。

油ㄍㄧ噗透　酣固ㄅ　勇嘿伊達

✚ 說說唱唱學韓文 🎧

그런게 무슨 상관이야 ! 내가 너 믿는데 , 좋은데 ,
갖고 싶은데 ! 《燦爛的遺產》

顆囉ㄣ給　姆森　桑瓜你呀 ! 捏嘎　挪　民嫩 day , 醜恩 day ,

卡ㄠ溝　西噗ㄣ day !

這有什麼關係！我相信你，喜歡你，想要擁有你！

🦋 무슨 : 什麼

姆森

EX : 내가 네게 무슨 도움이 될 수 있을까 ?

捏嘎　泥給　姆森　頭嗚咪　推兒　蘇　伊瑟嘎

我可以幫你什麼忙嗎？

🦋 상관 (相關) : 互相關聯、關係

桑觀

EX : 네가 상관할 일이 아니다 .　這與你無關。

泥嘎　桑觀哈兒　伊哩　啊泥達

🦋 믿음 : 相信

咪得姆

믿다才是動詞，믿음為名詞型，
意義接近「信念」

EX : 믿을 만한 사나이 .　值得相信的男人。

咪得兒　饅漢　撒那意

19

🍀 가지다 : 擁有、有

卡雞達

EX : 지금 돈 가진 것 있니 .　你現在有錢嗎？

起《姆 童恩 卡金 個 因泥

🍀 싶다 : 想、希望

西ㄆ達

EX : 나도 가고 싶었다 .　我也想去。

哪都 卡溝 西波達

사라지지 않아 . 행복하게 잘먹고 잘살아 .
《我的女友是九尾狐》

撒拉機機 啊那 嘿ㄥ波咖給 掐兒摸溝 掐兒撒拉

不會消失的。會幸福快樂的過日子的。

🍀 사라지다 : 消失

撒拉機達

EX : 통증이 사라졌다 .　疼痛消失了。

通增伊 撒拉糾達

🍀 행복（幸福） : 幸福

嘿ㄥ波ㄅ

EX : 너의 행복을 빈다 .　祝你幸福。

挪世 嘿ㄥ波《兒 聘達

미호야…너 제발~ 사라져주면 안되냐？
《我的女友是九尾狐》

咪駒呀…挪 切八兒~撒拉糾主ㄇㄧㄡ恩 安堆 nya

尾狐啊…拜託妳~離開我不行嗎？

🦋 제발：拜託、請
切八兒

EX：제발 좀 그만 둬 . 拜託你停止。
切八兒 鐘姆 顆慢 駝

🦋 안되다：不行、不可以
安堆達

EX：왜 안 돼？ 為什麼不行？
唯 安 堆

누난 내 여자니까 너는 내 여자니까 〈내 여자라니까〉
努難 捏 呦家尼嘎 儂嫩 捏 呦家尼嘎 〈捏 呦家拉尼嘎〉
姊姊是我的女人 妳是我的女人 〈因為是我的女人〉

🦋 누나：姊姊（男性用法）
ㄋㄨ那

EX：누나가 내일이면 19 살이 돼요 .
ㄋㄨ那嘎 捏伊哩ㄇㄧㄡ恩 油兒啊齁ㄨ撒哩 推唷

我姊姊明天就 19 歲了。

🦋 여자（女子）：女人、女子
油價

EX：여자 기숙사 . 女子宿舍。
油價 ㄎㄧ速ㄎ薩

韓國人非常重視輩份的稱謂，常常一見面就會互問出生年份，以確定彼此間的稱呼，就算是出生年相同，年頭與年尾出生的也要以兄弟、姊妹相稱，韓國人戲稱如此整理輩份、年歲的動作為「戶籍整理」。在〈因為是我的女人〉中，所講述的是一位少年對年長的女性的愛慕之情，但因為韓國傳統的禮教觀，因此即便是面對心上人，「姊姊」這個稱謂也不能捨去。李昇基因為這首歌曲的緣故，而給人喜歡年長女性的形象。

나랑 결혼해 줄래? 〈결혼해 줄래〉

拿嘟 ㄎㄧㄡ囉捏 朱兒咧〈ㄎㄧㄡ囉捏 朱兒咧〉

跟我結婚好嗎？〈跟我結婚好嗎？〉

결혼（結婚）：結婚

ㄎㄧㄡ囉恩

EX：그는 사라와 결혼한다 .　他將與莎拉結婚。

　　　顆嫩 撒拉哇 ㄎㄧㄡ囉難達

우리 연애할까 .〈연애시대〉

無力 由內哈兒嘎〈由內西 day〉

我們戀愛吧。〈戀愛時代〉

우리：我們

無力

EX：우리 세 사람은 수영하러 갔다 .　我們三個人一起去游泳。

　　　無力 誰 撒拉悶 蘇勇哈囉 卡ㄊ達

연애（戀愛）：戀愛

由內

EX：연애는 맹목이다 .　戀愛是盲目的。

　　　由內嫩 沒ㄥ摸ㄍㄧ達

文法小進擊

韓語的語序

韓文與中文最基本的不同，就在於詞語的排列順序。

中文的順序為「主詞＋動詞＋受詞」，韓文的順序則為「主詞＋受詞＋動詞」，並且是以「助詞」來表示該詞彙在句子當中的文法功能。

例如中文是：

我　吃了　蘋果。
主詞＋動詞＋受詞

韓文則是：

나는 사과를 먹었어요.
主詞＋受詞＋動詞

黑洞這綽號是《兩天一夜》的前主持人金C幫他取的。在《兩天一夜》中，他常會出現些脫線的行為，所以老大哥姜虎東曾說，就他看來，別人眼中完美的昇基根本就是個大窟窿。

昇基小逸事

李昇基，又被稱為**國民弟弟**（국민동생）、黑洞（指看起來似乎聽懂了別人說的話，但其實一點都沒懂）、三冠王（指其在電視、廣告、戲劇上的成績）、**皇帝**（황제）昇基、媽朋兒、國民**兒子**（아들）、國民好**男人**（남자）、**收視率**（시청률）百分百的男子。2004 年被李仙姬發掘，經兩年的**訓練**（훈련）後，以〈因為是我的女人〉一曲紅遍**韓國**（한국）。以親切、有禮又溫柔的形象深入人心，因此深受男女老少的喜愛，且被票選為韓國最佳**女婿**（사위）人選。加上他親和力強，所以也是許多**廣告**（광고）廠商的寵兒。在主持節目時，他表現得**活潑**（활발）、開朗，像個陽光少年，但在戲劇中則對自己有很高的要求。他在學期間成績**優異**（우수），也曾擔任過**學生**（학생）會會長。大學就讀於東國大學社會系媒體專業，後轉入國際貿易學系就讀，四年來皆未曾請假的完成了學業。2009 年 2 月畢業後繼續在東國大學的國際貿易學系研究所就讀。

李昇基說自己的**理想**（이상）型是少女時代裡的潤娥，至於理想女朋友

（拼音注解）苦ㄥ民同誰應、黃借、阿德兒、南無、價、洗撐 NEW 兒、呼兒六恩、甜古、撒玉、狂購、花兒爸兒、烏素、哈ㄅ誰應、衣裳

的**類型**（유형）則是不要太瘦、不要太高、不要穿得太露，不要太聰明，
傻點的好些，同時要不去**夜店**（나이트 클럽）。

🍀 想認識更多的李昇基，請往這裡去
　　李昇基韓國官方網站：http://www.leeseunggi.com/
　　李昇基韓國會員官網：http://cafe.daum.net/leeseungki/
　　李昇基韓國會員推特：http://twitter.com/#!/airen_airen

之前潤娥跟
2PM 的 澤 演
傳出緋聞時，
曾讓昇基有些
緊張，不過後
來 昇 基 也 有
說，自己的理
想型其實一直
都在變。

張根碩 (장근셕)

人蔘姬帶你認識
張根碩

Profile

출생일　1987 년　8 월 4 일

신장　182CM

몸무게　62KG

혈액형　A 형

학력　동의초등학교 - 광장중학교 -NELSON
　　　COLLEGE- 방산고 - 한양대 연영과
　　　재학중

데뷔　5 살 때 휴치원 카탈로그 모델

취미　음악감상、요리、사격

특기　오토바이를 제외한 타는 것들(보드、스
　　　키、차등)、인테리어

현재 빠져 있는 것　혀행 가서 영상 만들고
　　　편집해서 친구들 나눠주
　　　기、사진보다 영상에 흥
　　　미를 느낌 .

照片來源：達志影像

🍀 출생일 1987 년 8 월 4 일

出兒誰應易耳　醜恩苦倍趴兒西ㄨ七兒六恩　趴囉兒　撒易耳

出生日 1987 年 8 月 4 日

🍀 신장 182CM

新醬　陪ㄅ趴兒西逼誰恩踢米偷

身高 182CM

🍀 몸무게 62KG

謀ㄇㄨ給 U 西逼 key 兒囉格雷姆

體重 62KG

🍀 혈액형 A 형

ㄏ一ㄡ咧ㄎ一用 A ㄏ一用

血型 A 型

🍀 학력 동의초등학교—광장중학교—NELSON
　　COLLEGE—방산고—한양대 연영과 재학중

夯ㄋ一ㄡㄅ 通義愁登哈ㄍㄧㄡ、 一狂醬廚 ng 哈ㄍㄧㄡ、 一 NELSON
　　COLLEGE 一龐三溝一漢陽 day 由ㄋㄡ、ㄥ瓜 ㄑㄟ、哈ㄅ住 ng

學歷 首爾東義小學—廣壯中學—NELSON COLLEGE—芳山高中—
　　漢陽大學演藝科在學中

🍀 데뷔 5 살 때 유치원 카탈로그 모델

鐵ㄅㄩ 塔搜塞兒 day U 七沃恩 咖他兒 log 摸 day 兒

出道 5 歲時做幼稚園目錄的模特兒

🍀 취미 음악감상 , 요리 , 사격

屈咪　噁媽ㄅ卡姆尚，有利，撒ㄍㄧㄡ

興趣 音樂欣賞，料理，射擊

這是張根碩的農曆生日，至於他的國曆生日則是 9 月 26 日。因為韓國人慣於過農曆生日，但每年的農曆生日又不見得都會在國曆的同一天，於是他便把農曆生日搬到國曆來用。

26

✤ 특기 오토바이를 제외한 타는 것들 (보드 , 스키 , 차등)
　　　, 인테리어

特〈〈ー 喔偷八ㄧㄉㄦ 切喂酣 他嫩 夠得兒（波ㄉ，斯 key，恰等），

因貼 Leo

專長 除了摩托車以外的（滑板、滑雪、車等），室內設計

✤ 현재 빠져 있는 것 여행 가서 영상 만들고 편집해서 친구
　　　들 나눠주기 . 사진보다 영상에 흥미를 느낌 .

ㄏㄧㄡ恩這ㄟ 八九 銀嫩 狗 油嘿 ng 卡搜 油 ng 尚 瞞得兒溝 ㄆㄧㄡ恩雞呸搜

沁古得兒 拿挪主〈〈ー . 撒今剝打 油 ng 尚世 哼咪ㄉㄦ ㄋㄍㄧ姆

現在著迷的事　在旅行途中拍些影片，編輯過後與朋友分享
　　　　　　　比起照片，覺得影片更有趣

生字輕鬆背 🎧

✤ 신장（身長）：身高
新醬

EX：신장이 자라다 . 身高很高。
新醬伊 恰拉達

✤ 몸무게：體重
謀ㄇㄨ給

EX：몸무게가 늘다 . 體重增加。
謀ㄇㄨ給嘎 ㄋ兒打

✤ 유치원（幼稚園）：幼稚園
U 七沃恩

EX：막내 아들은 유치원에 다닙니다 .
忙內 阿德ㄌㄣ U 七沃內 塔尼姆尼達

我的小兒子在上幼稚園。

為什麼平平都是指「身高」，卻有兩種說法？大家可能會發現，一樣都是「身高」的意思，卻有「키」和「신장」兩種不同的說法。為什麼呢？因為韓國自古受到漢字文化的影響，吸收了很多中文詞彙，在這個例子裡，「키」是韓國自己原有的詞彙，「신장」則是漢字語，漢字可以寫成「身長」，發音也會有點類似現在的中文或是漢語方言。但也有些漢字語是受到日文影響，或是韓國自創的詞彙。

🍀 카탈로그（catalog）：型錄、目錄、說明書
咖他兒 log

EX：이 카탈로그에 귀사의 전 제품이 들어있습니까?
以 咖他兒 log 世 ㄍㄩ撒世 陳 切噗咪 特洛伊斯姆尼嘎?
這本型錄包含了貴公司的所有產品嗎?

🍀 감상（鑑賞）：欣賞
卡姆尚

EX：샘과 메리는 미술 박물관에서 그림을 감상했다.
Sam 瓜 咩李嫩 咪素兒 龐木兒瓜捏搜 顆哩ㄇ兒 卡姆尚嘿達
Sam 和 Mary 在美術博物館裡欣賞畫作。

🍀 요리（料理）：料理
有利

EX：이 요리는 맛이 있다.　這道料理很美味。
伊 有利嫩 瑪西 伊達

🍀 사격（射擊）：射擊
撒ㄍㄧㄡ

EX：사격 중지.　停止射擊。
撒ㄍㄧㄡ 儲 ng 記

🍀 오토바이（auto bicycle 去尾音）：摩托車
喔偷八一

EX：그는 오토바이로 여행을 계획 중이다.
顆嫩 喔偷八一囉 油嘿 ng 兒 K 會ㄎ 豬 ng 伊達
他打算騎摩托車去旅行。

🍀 스키（ski）：滑雪
斯 key

EX：나의 형은 스키 클럽 회원이다 . 我的哥哥是滑雪社的社員。

拿A ㄏㄧ用恩 斯key 顆兒囉ㄆ 回窩你打

🍀 차（車）：車

恰

EX：차에서 내리다 . 下車。

恰A搜 餒哩打

🍀 여행 （旅行）：旅行

油嘿ng

EX：여행을 가다 . 去旅行。

油嘿ng兒 咖打

🍀 편집（編輯）：編輯

ㄆㄧㄡ恩雞ㄆ

EX：책을 편집하다 . 編輯一本書。

切哥 ㄆㄧㄡ恩雞趴打

🍀 사진（寫真）：相片

撒今

EX：저희 사진 좀 찍어 주실래요？ 可以請你幫我們照相嗎？

醜ㄏㄧ 撒今 周母 雞溝 豬西兒咧唷？

🍀 흥미（興味）：趣味、興趣

哼咪

EX：사람들이 그의 연주에 흥미를 보이기 시작했다 .

撒拉姆得利 顆世 油恩住世 哼咪ㄌ兒 剖伊ㄍㄧ 洗架K打

人們開始對他的演奏感興趣。

🍀 根碩的歷年代表作

🍀 近年電視劇作品

2006 年　《黃真伊》飾　金恩浩　（황진이 --- 김은호）

　　　　　　　黃姬妮 ---Kim 恩厚

2008 年　《快刀洪吉童》飾　李昌輝　（쾌도홍길동 --- 이창휘）

　　　　　　　魁都洪〈〈一兒動 --- 以槍厂凵

2008 年　《貝多芬病毒》飾　姜建宇　（베토벤 바이러스 --- 강건우）

　　　　　　　陪偷倍恩 巴伊勒斯 --- 康口怒

2009 年　《原來是美男》飾　黃泰慶　（미남이시네요 --- 황태경）

　　　　　　　米娜米西餕油 --- 黃貼〈〈一ㄡ ng

2010 年　《瑪麗外宿中》飾　姜無缺　（매리는 외박중 --- 강무결）

　　　　　　　咩李嫩 尾巴 k 住 ng--- 康木〈〈一ㄡ兒

張根碩曾說，他很羨慕姜無缺的生活方式，是那麼樣的自由自在，無拘無束。但是現實生活中，他的個性則比較像黃泰慶，而且工作人員們也都的確挺怕他的。

2012 年　《愛情雨》飾　徐仁河、徐俊　（사랑비 --- 서인화、서준）

　　　　　　　撒朗必 --- 搜伊ㄋㄨㄚ、搜住恩

🍀 近年電影代表作

2008 年　《天才寶貝》飾　韓俊秀　（아기와 나 --- 한준수）

　　　　　　　阿〈〈一哇 拿 --- 韓住恩宿

2009 年　《梨泰院殺人事件》飾　Pearson

　　　　（이태원 살인사건 --- 로버트 J 피어슨）

　　　　　　　已貼沃恩 撒林撒構恩 --- 蘿蔔ㄊ・J・批偶森

2011 年 11 月 2 日　《寵物情人》飾　姜仁浩　（너는 펫 --- 강인호）

　　　　　　　挪嫩 pet--- 康伊 NO

《寵物情人》在韓國上映時曾引來部分人士的議論。因為有人認為，堂堂一個大男人，如何能成為一個女人的寵物？這樣豈不有損男性尊嚴？

◆ 바이러스（virus）：病毒

帕伊勒斯

EX：바이러스 감염 . 病毒感染。

帕伊勒斯 卡謬姆

◆ 미남（美男）：美男

米娜姆

EX：미남자 . 美男子。

米娜姆假

◆ 외박하다（外泊——）：外宿

尾巴咖達

EX：무단 외박하다 . 擅自外宿。

牡丹 尾巴咖達

◆ 비：雨

皮

EX：먹구름은 틀림없이 비가 올 조짐인가？

某姑了悶 特兒哩某ㄆ系 皮嘎 偶爾 醜雞民嘎？

烏雲是一定會下雨的象徵嗎？

◆ 아기：嬰兒、孩子

阿巜一

EX：아기가 남자입니까 여자입니까？

阿巜一嘎 南無價因姆妮嘎 油價因姆妮嘎？

孩子是男生還是女生？

◆ 사건（事件）：事件

傻構恩

EX：사건이 어떻게 진전될까요？ 這事件會怎麼發展？

傻構你 偶都 K 琴宙恩推兒嘎哊？

🦋 펫（pet）：寵物

呸ㄊ

EX：펫 기르시는 거 있으세요？ 您養寵物嗎？

呸ㄊ key ㄌ西嫩 狗 以斯誰哊？

🌼 說說唱唱學韓文

나는 어디에 뭐 볼 수 없어 서있 지 말고 말 아닌 가요.
《原來是美男》

哪嫩 偶滴世 摩 剖兒 蘇 偶ㄆ搜 搜以 雞 馬兒溝 馬兒 啊您 嘎哊

不是說不要站在我看不見的地方嗎？

🦋 어디：哪裡

偶滴

EX：어디 가느냐？ 你要去哪兒？

偶滴 卡呢 nya

🦋 보다（原形）：看

剖打

EX：이것 보십시오！ 請看這個！

以溝 剖西ㄆ西歐！

🦋 없다（原形）：沒有

偶ㄆ大

EX：희망이 없다. 沒有希望。

ㄏ一忙伊 偶ㄆ大

앞으로 매일매일 말해줄테니깐 잘들어…사랑해. 《原來是美男》

啊ㄆ囉 梅易耳梅易耳 馬咧珠兒貼你幹 掐兒去囉…撒朗嘿

以後，每天每天我都會對妳說…我愛妳。

🍀 앞으로：未來，以後；往前，向前

啊ㄆ囉

EX：앞으로 수년 간. 未來幾年期間。

啊ㄆ囉 蘇妞恩 幹

앞으로 쓰러지다. 往前倒下。

啊ㄆ囉 斯了雞打

🍀 매일：每天

梅易耳

EX：매일 아침 태양이 떠오릅니다.

梅易耳 啊沁姆 貼陽伊 都歐勒姆尼打

每天早上，太陽都會昇起。

앞으론 아무데나 한부러 사인 안해. 《瑪麗外宿中》

啊ㄆ囉恩 阿母day那 酣不囉 殺因 啊內

以後，我不會再隨便簽名了。

🍀 아무데：隨便、隨意

阿母day

EX：아무데나 놓아라. 隨便放吧！

阿母day那 NO啊啦

🍀 사인（sign）：簽名

殺因

33

EX：사인 좀 해 주시겠어요？ 可以幫我簽名嗎？

殺因 鐘母 嘿 朱系給搜唷？

주인님을 사랑하면 안되겠지？《寵物情人》

儲因你ㄇ兒 撒朗哈謬恩 安堆給雞？

主人，愛上妳是不行的，對吧？

주인（主人）：主人

儲因

EX：개는 주인을 알아본다．狗能認得自己的主人。

K嫩 儲伊ㄋ兒 阿拉碰打

저는 여러분의 펫이 되고 싶어요～《寵物情人》

醜嫩 油囉不內 呸西 推溝 西剖油～

我想成為你們的寵物～

여러분：各位、你們

油囉不恩

EX：여러분의 찬동을 얻고 싶습니다．我想獲得各位的贊同。

油囉不內 恰恩東ㄜ兒 喔ㄊ鉤 西ㄆ斯姆尼達

되다：成為

推打

EX：어른이 되다．成為大人。

歐勒尼 推打

動詞與形容詞的變化

韓文和中文的第二個不同之處，在於韓文的動詞和形容詞會有形態的變化。在中文裡，無論你現在吃、等一會兒吃、或是已經吃過了，「吃」這個動詞本身並不會產生變化。但在韓文裡「먹다」（吃；原形）卻會變成「먹겠습니다」「먹었습니다」「먹었어요」等各式各樣的形態，並藉由這種變化來表示時態、尊敬程度的高低等等。

句型

動詞 + ㄹ 수 있다　會、有能力…、有辦法…

　　　　　　 없다　不會、沒能力…、沒辦法…

EX：피아노를 칠 수 있습니다. 我會彈鋼琴。

　　　P啊NO ㄌ兒 七兒 蘇 伊斯姆尼達

EX：나는 눈물을 금할 수 없어요. 我無法止住我的眼淚。

　　　哪嫩 ㄋㄨ恩木ㄌ兒 可媽兒 蘇 歐ㄆ搜哼

張根碩又被暱稱為小帥、小碩、psycho，同時因為他無釐頭的搞笑**個性**（성격），許多粉絲們也稱他為「北七」。他在五歲的時候就出道，算是童星起家，身兼**演員**（배우）、**歌手**（가수）及**模特兒**（모델）三種身份。期間拍過不少**連續劇**（드라마）、**電影**（영화）等，但真正讓他聲名大噪，紅遍整個**亞洲**（아시아）的還是要屬 2009 年他與 CNBLUE 的鄭容和、FTISLAND 的李洪基以及朴信惠所主演的《原來是美男》。高中時他曾前往紐西蘭**留學**（유학），因此對於在人生地不熟、語言又不通的異鄉生活

搜 ng

《一ㄡㄎ

陪悟　　卡素　　摸 day 兒

ㄊ拉瑪　　油 ng 畫

阿西啊

U 哈ㄎ

很有感觸，所以對飄洋過海去見他的異國**粉絲**（팬）們很是貼心照顧。雖
_{佩恩}
然許多女性都將他視作白馬**王子**（왕자），但他卻說自己是**努力**（노력）
_{王架} _{NO 六ㄥ}
變成王子的**乞丐**（거지）。為了維持身材常常在**節食**（감식）減肥，但卻
_{柯基} _{卡姆戲ㄎ}
很喜歡喝**酒**（술）。他會用**香蕉**（바나나）皮來擦**牙齒**（치아），據說這
_{素兒} _{爬那那} _{七啊}
樣能讓牙齒晶亮美白。習慣裸睡，據本人說法，即便睡前穿得好好的，第

二天醒來後也會全脫光了。

＋ 想認識更多的張根碩，請往這裡去
張根碩韓國官方網站：http://www.princejks.com/
張根碩韓國官方會員網：http://www.cri-j.com/
張根碩個人推特：https://twitter.com/#!/AsiaPrince_JKS
張根碩個人微博：http://www.weibo.com/jangkeunsuk

金賢重 (김현중)

人蔘姬帶你認識
金賢重

照片來源：達志影像

Profile

생년월일　1986 년　6 월 6 일

키 / 몸무게　182cm，68㎏

취미　수영、헬스、농구、축구

특기　기타、피아노、춤

학력　청운대학교 공연기획경영학과

데뷔　2005 년 SS501 싱글앨범「SS501」

생년월일 : 1986 년 6 월 6 일

誰應妞諾麗兒：醜恩苦倍趴兒西ㄅ Ung ㄋㄧㄡ 、 恩 U 窩兒 U ⟨⟨一耳

出生年月日：1986 年 6 月 6 日

키 / 몸무게 : 182cm , 68kg

Key ／謀ㄇㄨ給：陪ㄅ趴兒西逼誰恩踢米偷，U 西帕兒 key 兒囉格雷姆

身高／體重：182cm，68kg

취미 : 수영、 헬스、 농구、 축구

屈咪：蘇勇、嘿兒斯、儂古、出故

興趣：游泳、健身、籃球、足球

특기 : 기타、 피아노、 춤

特⟨⟨一：key 踏、P 啊 NO、觸姆

專長：吉他、彈鋼琴、跳舞

학력 : 청운대학교 공연기획경영학과

夯ㄋㄧㄡㄅ：稱溫貼哈⟨⟨一ㄡ 、 恐又恩 key 會ㄎㄎㄧㄡ ng 用哈卦

學歷：青雲大學　演出企劃經營學系

데뷔 : 2005 년 ss501 싱글앨범 「ss501」

鐵ㄅㄩ：以稱偶ㄋㄧㄡ 、 恩 頭ㄅ兒 S 哦空易兒 星歌兒 A 兒伯ㄇ 「頭ㄅ兒 S 哦空易兒」

出道：2005 年 ss501 單曲專輯「ss501」

生字輕鬆背

생년월일（生年月日）：出生年月日

誰應妞諾麗兒

38

EX：사주는 한 사람의 생년월일과 출생 시간을 바탕으로
운세를 보는 것이다 .

殺豬嫩 酣 撒拉咩 誰應妞諾麗兒瓜 出兒誰應 西嘎丂兒 爬堂呃囉

溫 say 丂兒 剖嫩 溝西打

四柱是一種以一個人的出生年月日和出生時間作基礎推算運勢
的方法。

수영（水泳）：游泳
蘇勇

EX：그는 수영 대회에서 우승했다 . 他在游泳比賽中獲得了優勝。

顆嫩 蘇勇 貼會世搜 巫ㄥㄥ 、嘿打

헬스（health）：健身
嘿兒斯

EX：요즘엔 헬스 클럽에 다니는 사람들이 많아지고 있어요 .

唷滋 MAN 嘿兒斯 顆兒囉唄 塔妮嫩 撒拉姆得利 馬那雞溝 伊搜唷

最近上健身房的人越來越多了。

농구（籠球）：籃球
儂古

EX：농구에서는 키 큰 선수가 유리하다 .

儂古世搜嫩 key 肯 搜恩蘇嘎 U 利哈達

在籃球中，高個子的球員佔有優勢。

기타（guitar）：吉他
key 踏

EX：그는 기타를 친다 . 他會彈吉他。

顆嫩 key 踏丂兒 沁打

피아노（piano）：鋼琴
P 啊 NO

EX：그녀는 피아노를 잘 친다 .　她鋼琴彈得很好。

顆妞嫩 Ｐ 啊 NO ㄌ兒 掐兒 沁打

❧ 춤：舞蹈

觸姆

EX：다음 차례 춤을 부탁합니다 .　 我可以請妳跳下支舞嗎？

塔呃姆 恰咧 觸ㄇ兒 普他卡姆尼達

❧ 대학교（大學校）：大學

貼哈ㄍ一ㄡ、

EX：그녀는 그 대학교에 입학을 신청했다 .

顆妞嫩 顆 貼哈ㄍ一ㄡ、世 以趴哥兒 辛稱嘿打

她申請就讀那所大學。

❧ 공연（公演）：演出

恐又恩

EX：나는 그의 공연을 칭찬했다 .　 我稱讚他的演出。

哪嫩 顆世 恐又ㄋ兒 清掐捏打

❧ 기획（企劃）：規劃、企劃、計畫

key 會ㄎ

EX：새 시내 교통 체계안을 기획하다 .

Say 西內 ㄎ一ㄡ痛 切給啊ㄋ兒 key 會咖打

為城鎮規劃一個新的交通系統。

❧ 경영（經營）：經營、管理

ㄎ一ㄡ ng 用

EX：그는 10 년간 호텔을 경영했다 .　他經營飯店已有十年了。

顆嫩 西姆妞恩幹 齁貼ㄌ兒 ㄎ一ㄡ ng 用嘿打

🍀 싱글（single）：單曲；單身
　　星歌兒

EX：그들의 4 집 싱글 앨범은 일본에서 엄청난 인기를
　　얻고 있습니다 .
　　顆得咧　撒集ㄆ　星歌兒　A兒伯悶　一二蹦捏搜　歐姆稱難　銀ㄍㄍ一ㄌ兒
　　偶溝　以思姆尼達
　　他們的第 4 張單曲在日本獲得極高的人氣。

🍀 賢重的歷年代表作

🍀 電視劇作品
2005 年　　《愛情能再觸電嗎》飾　威廉
　　　　　　（사랑도　리필이　되나요 --- 윌리엄）
　　　　　　撒朗都　理批哩　推哪唷 --- ㄩ兒哩歐姆
2009 年　　《流星花園》飾　尹智厚　　（꽃보다　남자 --- 윤지후）
　　　　　　　　　　　　　　　　溝ㄥBO 打　南無價 ---U 恩積護
2010 年　　《惡作劇之吻》飾　白勝祖　　（장난스런　키스 --- 백승조）
　　　　　　　　　　　　　　強難斯囉恩　key 斯 --- 陪ㄅ僧宙

🍀 韓文專輯
2011 年 06 月《Break Down》
2011 年 10 月《Lucky》
2011 年 12 月《Marry me/Marry You》

生字輕鬆背　

🍀 꽃：花
　　溝ㄥ

EX：장미꽃 향기가 난다 . 傳來一陣玫瑰花的香氣。

強咪溝ㄊ ㄏ一ㄤㄍ一嘎 難打

🍀 보다：比…，用於比較兩者，前面接名詞。

PO 打

EX：그는 나보다 두 살 위이다 . 他比我大兩歲。

顆嫩 拿 BO 打 ㄊㄨ 撒兒 魚一打

🍀 남자（男子）：男子、男人

南無價

EX：그녀는 남자를 뇌쇄시킨다 . 她讓男人神魂顛倒。

顆妞嫩 南無價ㄌ兒 ㄋㄨㄟ 雖喜 key 恩達

🍀 장난：惡作劇

強難

EX：엘리베이터에서 장난 하면 못써요 . 不可以在電梯裡惡作劇。

A 兒哩倍伊特ㄝ搜 強難 哈謬恩 謀搜油

🍀 키스（kiss）：接吻、親吻

key 斯

EX：그녀는 아기의 뺨에 키스했다 . 她親吻寶寶的臉頰。

顆妞嫩 啊ㄍ一ㄝ ㄅ一ㄚˋ咩 key 斯嘿打

🍀 說說唱唱學韓文 🎧

넌 날 좋아해 . 나밖에 좋아 할 수 없어！《惡作劇之吻》

挪恩 拿兒 球阿嘿 . 拿把給 球阿 哈兒 蘇 喔ㄆ搜！

妳是喜歡我的。除了我妳無法喜歡上別人！

❧ 좋아하다（原形）：喜歡

球阿哈達

EX：초콜릿을 좋아하십니까？　你喜歡巧克力嗎？

抽口兒李斯兒　球阿哈西姆尼嘎？

❧ 밖에…없다（原形）：只有、唯有、只能、只好

爬給…喔ㄆ大

EX：하나밖에 없는 아들．　獨生子。

哈那把給　喔姆嫩　阿得兒

유감이지만…난 머리 나쁜 여잔 질색이야.《惡作劇之吻》

U 嘎咪雞慢…難　摸利　哪奔　油價恩　七兒 Say ㄍㄧ呀

很抱歉，但我很討厭頭腦不好的女人。

❧ 유감（遺憾）：遺憾、抱歉

U 嘎姆

EX：나는 유감이 없다．　我沒有遺憾。

哪嫩　U 嘎咪　喔ㄆ大

❧ 이지만：但、可是，表轉折語氣（前接有尾音的名詞）

伊雞慢

EX：시인이지만 소설도 쓴다．　雖然是詩人，但也寫小說。

西伊尼雞慢 SO 搜兒都 ㄙㄣ、達

❧ 머리：頭、頭腦

摸利

EX：머리가 몹시 아프다．我的頭很痛。

摸利嘎　謀ㄆ戲　啊ㄆ打

🍀 나쁘다（原形）：不好的、壞的

哪ㄅ打

EX：나쁜 징조다． 不好的預兆。

哪奔 情宙打

🍀 질색（窒塞）：厭煩、非常討厭

七兒 Say ㄎ

EX：단 것은 질색이다． 我非常討厭甜食。

談 狗森 七兒 Say 《一打

Baby 너를 내게 맡겨 봐．〈Break Down〉

Baby 挪ㄌ兒 餒給 馬ㄊ《一又 爬

寶貝，把妳自己託付給我吧。

🍀 맡기다（原形）：交付、承擔、託付

馬ㄊ《一打

EX：일을 부하에게 맡기다． 將工作託付給下屬。

以ㄌ兒 普哈世給 馬ㄊ《一打

자 여길 봐 봐 날 믿어 날 느껴 봐．〈Lucky Guy〉

掐 油《一兒 爬 爬 哪兒 米都 哪兒 ㄋ《一又 爬

現在看看這裡，相信我，試著來感覺我。

🍀 여기：這裡

油《一

EX：그런 인상착의를 한 사람을 어제 여기서 보았다．

顆囉恩 銀商掐《一ㄌ兒 酣 撒拉ㄇ兒 偶借 油《一搜 剖阿達

你所形容的人，昨天被看到出現在這裡。

🍀 보다（原形）：看

剖打

EX：무서운 광경을 보다．　看到了恐怖的景象。

　　　姆搜溫　狂ㄍㄧㄡ ng 兒　剖打

🦋 느낌：感覺

　　ㄋㄍㄧ丶 姆

EX：가슴이 터질 것 같은 느낌．　胸口像要炸開般的感覺。

　　　卡斯咪　特雞兒　狗　卡特恩　ㄋㄍㄧ丶 姆

이미 네 목소린 내게 주문 같아．〈Marry Me〉

伊咪　妮　謀ㄅSO 林　餒給　儲木恩　卡踏

對我來說，妳的聲音已經如咒語般

🦋 이미：已經

　　伊咪

EX：이미 해가 졌다．　太陽已經下山了。

　　　伊咪　嘿嘎　糾打

🦋 목소리：聲音（主要指人聲、透過喉嚨發出的聲音）

　　謀ㄅSO 理

EX：목소리가 크다．　聲音很大。

　　　謀ㄅSO 理嘎　柯達

🦋 주문（呪文）：咒語

　　儲木恩

EX：주문을 외다．　唱誦咒語。

　　　儲木ㄋ兒　喂達

🦋 같다（原形）：等同、一樣、相同

　　卡大

EX：우리는 같은 학교에 다녔다 . 我們上同一間學校。

無力嫩 卡特恩 哈ㄍ一ㄡ ㄟ 塔妞達

基本助詞（一）

❋ 은 / 는：表示主詞、句子的主題、強調，或用來比較、對照兩者。前
面接的單字末音節為子音用「은」，末音節為母音用「는」。
口語中常被縮寫為「ㄴ」，並與前一個單字合併。

EX：내 맘은 널 떠날 수 없나봐 .

捏 馬悶 挪兒 都那兒 蘇 歐姆娜爬

我的心似乎沒有辦法離開你。

EX：나는 의사 선생님은 아냐 . 我不是醫生。

哪嫩 呃伊撒 搜恩誰應膩悶 阿 nya

EX：넌 내 사랑 . 你是我的愛。

挪恩 餒 撒朗

❋ 이 / 가：標示出句子裡的主詞，用於陳述事實與自然現象。前面接的
單字末音節為子音用「이」，末音節為母音用「가」。

EX：내 가슴이 뛰어 . 我的心在跳動。

餒 卡思咪 ㄅㄩ喔

EX：눈치 없는 그대가 미워 . 不解風情的你真是討厭。

奴恩泣 歐姆嫩 顆 day 嘎 米窩

★使用「은 / 는」時，句子的重點常會是「은 / 는」後方的敘述。
★使用「이 / 가」時，句子的重點則常是「이 / 가」前方的名詞。

❋ 을 / 를：標示出句子裡承受後方動詞動作的詞（受詞）。前面接的單字末音節為子音用「을」，末音節為母音用「를」。口語中常被縮寫為「ㄹ」，並與前一個單字合併。

EX：소원을 말해봐 .　說出你願望。
　　SO 窩ㄋ兒　馬咧爬

EX：나를 울리지마 .　別讓我哭泣。
　　哪ㄌ兒　無兒哩雞馬

EX：난 널 사랑해 .　我愛你。
　　難　挪兒　撒朗嘿

❋ 과 / 와 / 이랑 / 랑 / 하고：用來連接、並列兩個以上對等的單字。或表示共同執行後方動詞動作的對象、比較等，中文常譯為「和」。前面接的單字末音節為子音用「과」、「이랑」，末音節為母音用「와」、「랑」。「이랑 / 랑」、「하고」屬於口語用法。

EX：사랑과 우정 사이 .　愛情和友情之間。
　　撒朗瓜　五鄭　撒意

EX：나와 마셔줄래요 .　和我喝一杯吧。
　　哪哇　馬修朱兒累唷

EX：그 사람이랑 행복하게 지내라는 거짓말 나는 안해 .
　　顆　撒拉咪啷　嘿ㄥ波咖給　擠內拉嫩　口金罵兒　哪嫩　阿　內
　　我不會說「祝你和那個人幸福」這種謊話。

EX：너랑 나 .　你和我。
　　挪啷　拿

EX：나는 오늘 저녁에 민지하고 같이 영화를 보기로 했다 .
　　哪嫩　偶ㄋ兒　醜妞 gay　民雞哈溝　卡器　油 ng 畫ㄌ兒　剖ㄍㄧ囉　嘿打
　　我決定今天傍晚要和敏智一起去看電影。

✖ 의：前接名詞或人稱代名詞，表示名詞所有格，或使前方名詞可用來
　　修飾後方名詞，中文常譯為「的」。

EX：나의 사랑을 너에게 줄게 . 把我的愛都給你。

哪世 撒朗亡兒 挪世給 朱兒給

✖ 도：表示某件事物的概念與其他事物類似或相同，中文常譯為「也」。

EX：너도 나처럼 이렇게 아픈지 . 你也和我一樣心痛嗎？

挪都 拿秋囉姆 以囉 K 阿噴雞

賢重小逸事

金賢重，於 2005 年時，以**人氣**（인기）團體
銀《一
SS501 出道，為該團**隊長**（리더），後單飛。金
哩得
賢重有「行走的**雕像**（조상）、**宇宙**（우주）神、
愁尚　　　　　　　巫住
小新郎（신랑）」等稱號，另外，因為長相神
西兒浪
似裴勇俊，所以也有小裴勇俊之稱，**現在**（현
厂一又恩
재），裴勇俊也是他經紀公司的**社長**（사장），
借　　　　　　　　撒醬
兩人交情匪淺。金賢重說自己在**中國**（중국）時
儲 ng 故丂
就曾碰到中國粉絲將他誤認為裴勇俊而向他索取

簽名的。

金賢重的卡通**肖像**（초상）是一個宇宙人，因為
抽尚
金賢重的個性很四次元（指脫序、**獨特**（특별）
去丂一又 丶 兒
的**思考**（사고）模式，可說是有些另類的怪胎），
撒扣

金賢重長相俊美，因而有「行
走的雕像」封號。但之前有
主持人問他，他的美貌可是
神所賜與的？他回說：「雖
是神所賜與的，但醫生有加
了點工。」自暴了曾整過型
的事。

小新郎的稱號來自於他在
2008 年與韓國女星皇甫惠貞
出演《我們結婚了》節目中
的假想夫妻形象。因為當時
金賢重的年紀輕，又比夫人
皇甫惠貞小，所以粉絲們便
以此做為他的暱稱。

所以才會以這個外星人的**圖案**（도안）來著重表
偷案
現他的**特色**（특색）。金賢重獨特的個性在他上
ㄊㄣ Say ㄎ
談話**節目**（프로그램）時尤其**表現**（표현）得淋
ㄆ囉格累姆　　　　　　　ㄆㄧㄡ ㄏㄧㄡ、 恩
漓盡致。例如他談到對朋友、**輩**分的關係界定就
是一例。

他是 86 年 6 月出生的，但對 86 年較早出生的人
全都一律叫**哥**（형），而 87 年較早出生的則都
ㄏㄧㄡ、ng
以朋友相稱，他說因為這樣的話，像是跟 86 年
2 月出生的東方神起的允浩以及 87 年出生的李
昇基去吃飯或玩樂時，允浩就要無條件的幫他們
買單（지불）。
期不兒

金賢重說，他因為自己不
是裴勇俊，無法給對方簽
名，結果反而讓對方誤以
為裴勇俊的態度高傲不
佳。

韓國男性稱年長男性為형，
女性則稱年長男性為오빠。
韓國人對於年紀、輩分的
區分很嚴格，即便是同年
出生，年頭跟年尾生的也
有上下之分。而且韓國
人如果一起出去吃喝玩樂
時，大多都是由年長者付
錢。

🍀 **想認識更多的金賢重，請往這裡去**
✖ 金賢重韓國個人官方網站：http://www.hyun-joong.com/index_main.asp
✖ 金賢重經紀公司官方網站：http://www.keyeast.co.kr/artist/khj.asp
✖ 金賢重個人微博：http://www.weibo.com/hyunjoongk

JYJ (제이와이제이)

雖然 JYJ 的團名是英文，但韓國人很常會用韓文來標示英文，在文字報導裡也很常見。學會之後也利用這些單字在網路上搜尋喜愛藝人的情報吧。

人蔘姬帶你認識
JYJ

照片來源：達志影像

김준수

김준수
金俊秀

포지션：vocal
PO 機秀恩

位　置：vocal

🍀 생년월일 : 1987.01.01

誰應妞諾麗兒 : 醜恩苦倍趴兒西ㄨ七兒六恩 伊落兒 伊麗兒

出生年月日 : 1987.01.01

🍀 출생지 : 한국 경기도 고양시

出兒誰應幾 : 酣固 ㄎ一ㄡ ／ ㄍㄍ一鬥 口央系

出生地 : 韓國 京畿道 高陽市

🍀 키 : 178cm

Key : 陪ㄎ七兒西ㄨ趴兒誰恩踢米偷

身高 : 178cm

🍀 몸무게 : 60 kg

謀ㄇ×給 : U 西ㄨ key 兒囉格雷姆

體重 : 60kg

🍀 혈액형 : B

厂一ㄡ咧ㄎ一用

血型 : B

🍀 학력 : 명지대학교 공연예술학과

夯ㄋ一ㄡㄎ : 謬 ng 機貼哈ㄍㄍ一ㄡ 、 恐又恩也蘇拉ㄎ卦

學歷 : 明知大學　公演藝術學系

🍀 취미 : 피아노 , 축구

屈咪 : P 啊 NO，出姑

興趣 : 鋼琴，足球

김재중
金在中

포지션 : vocal
PO 機秀恩
位置 : vocal

생년월일 : 1986.01.26
誰應妞諾麗兒：醜恩苦倍趴兒西勹 Ung ㄋ一ㄡ、恩　伊落兒 宜西 B-U ㄍ一兒

出生年月日 : 1986.01.26

출생지 : 한국 충청남도 공주시
出兒誰應幾：酣固 出 ng 秤南無鬥 孔諸系

出生地 : 韓國 忠清南道 公州市

키 : 180cm
Key ：陪勹趴兒西ㄨ誰恩踢米偷

身高 : 180cm

몸무게 : 63 kg
謀ㄇㄨ給：U 西ㄨ薩姆 key 兒囉格雷姆

體重 : 63kg

혈액형 : O
ㄏ一ㄡ咧丂一用

血型 : O

학력 : 경희사이버대학교 정보통신학과
夯ㄋ一ㄡㄅ：丂一用ㄏ一撒一剝貼哈ㄍ一ㄡ、澄波通心哈卦

學歷 : 慶熙網路大學　資訊科技學系

취미 : 음악감상 , 피아노연주 , 게임

屈咪：噁媽ㄎ卡姆尚，P 啊 NO 油恩住，K 義母

興趣：聽音樂，彈鋼琴，打電動

박유천
朴有天

포지션 : vocal

PO 機秀恩

位置：vocal

생년월일 : 1986.06.04

誰應妞諾麗兒：醜恩苦倍趴兒西ㄅ Ung ㄋㄡ ㄟ 恩 U 窩兒 撒義兒

出生年月日：1986.06.04

출생지 : 한국 서울특별시

出兒誰應幾：酣固 搜悟兒ㄊㄎㄅㄧㄡ兒系

出生地：韓國 首爾特別市

키 : 180cm

Key ：陪ㄎ趴兒西ㄆ誰恩踢米偷

身高：180cm

몸무게 : 64 kg

謀ㄇㄨ給：U 西ㄆ薩 key 兒囉格雷姆

體重：64kg

혈액형 : O

ㄏㄧㄡ咧ㄎㄧ用

血型：O

🍀 학력 : 경희대학교 포스트모던음악학과
夯ㄋ一ㄡㄎ：ㄎ一用ㄏ一貼哈ㄍ一ㄡ、波斯ㄊ某懂噁媽咖卦

學歷：慶熙大學　後現代音樂系

🍀 취미 : 작곡 , RC Car driving & 튜닝
屈咪：掐ㄅ夠ㄎ，RC Car driving & T-U 擰

興趣：作曲，RC Car driving & 調音

🍀 포지션（position）：位置
PO 機秀恩

EX : 포지션이 어떻게 되시죠 ? 　你擔任的位置是什麼 ?
　　　PO 機秀泥　偶都 K　推西就 ?

🍀 출생지（出生地）：出生地
出兒誰應幾

EX : 생년월일과 출생지를 말씀하세요 .
　　　誰應妞諾麗兒瓜　出兒誰應幾ㄌ兒　馬兒思媽 Say 唷

　　　請告訴我您的出生日期及出生地。

🍀 시（市）：都市、市（行政區域劃分單位）
系

EX : 그 도시는 시로 승격되었다 . 　那個城鎮升格成為了都市。
　　　顆　偷西嫩　系囉　僧ㄍ一ㄡ推喔打

🍀 정보（情報）：資訊、情報
澄波

EX : 정보를 수집하다 . 　蒐集情報。
　　　澄波ㄌ兒　蘇姬趴打

🍀 통신（通信）：通信、通訊

通心

EX：통신의 비밀을 법으로 보장하다．通信祕密受有法律的保障。

通西捏 皮咪ㄌ兒 婆ㄅ囉 剖將哈打

🍀 연주（演奏）：演奏、彈奏

油恩住

EX：국가를 연주하다．　演奏國歌。

哭嘎ㄌ兒 油恩住哈打

🍀 게임（game）：電動、遊戲

K 義母

EX：온라인 게임을 즐기다．　玩線上遊戲。

翁萊因 K 義ㄇ兒 ㄓ兒ㄍ一打

🍀 특별（特別）：特別

ㄊㄎㄅ一ㄡ兒

EX：특별한 사유가 있다．　有特別的事由。

ㄊㄎㄅ一ㄡ欄 撒 U 嘎 以大

🍀 모던（modern）：現代的、近代的

某懂

EX：이 거리에는 모던한 분위기의 건물들이 많다．

宜 口利世嫩 某懂酣 ㄆ乄ㄣ淤ㄍ一 世 口恩木兒ㄅ哩 蠻踏

這個小鎮有許多現代的建築。

🍀 작곡（作曲）：作曲

掐ㄎ夠ㄎ

EX：이 노래는 그가 작사 작곡한 것이다．

以 NO 累嫩 顆嘎 掐ㄅ撒 掐ㄅ夠看 溝西打

這首歌是他作詞作曲。

❀ 예술（藝術）：藝術

也蘇兒

EX：예술을 위해 바친 일생．為藝術奉獻一生。

也蘇ㄌ兒 魚嘿 趴親 伊兒誰應

✤ JYJ 的歷年代表作

❀ 電視劇作品

✖ 金在中

2011 年　《守護老闆》飾　車武原
　　　　（보스를 지켜라 --- 차무원）

波死ㄌ兒 幾ㄎ一ㄡ辣 --- 掐木沃恩

✖ 朴有天

2010 年　KBS2《成均館緋聞》飾　李先埈
　　　　（성균관 스캔들 --- 이선준）

僧 Q-N 關 死 Ken ㄉ兒 --- 宜搜恩住恩

2011 年　MBC《Miss Ripley》飾　宋裕賢
　　　　（미스 리플리 --- 송유현）

咪斯 哩噗兒哩 --- 鬆 U ㄏ一ㄡ恩

2012 年　SBS《閣樓上的王子》飾　李恪
　　　　（옥탑방 왕세자 --- 이각 ）

喔ㄅ他ㄨ棒 王 Say 假 --- 宜尬ㄅ

❀ 專輯

2011 年 9 月 27 日《IN HEAVEN》

成均館是韓國（包括北朝鮮）歷代以來的最高學府，其地位可說與中國古代的太學、國子監相同。目前在首爾仍保有成均館大學。但在 1996 年，三星集團成為該所大學背後的最大財團，因而也使得成均館大學成為了私立大學。

Miss Ripley
又譯為《再見雷普利小姐》。

❀ 보스（boss）：老闆
波死

EX：나에게 말하지마, 내 보스에게 말해.
拿世給 麻拉機麻，餒 波死世給 麻雷
別告訴我，去告訴我老闆。

❀ 지키다（原形）：守護、防護、保護
幾 key 打

EX：나라를 지키다. 守護國家。
那拉ㄌ兒 幾 key 打

❀ 스캔들（scandal）：醜聞、緋聞
死 Ken ㄉ兒

EX：스캔들은 그 정치인의 명예를 더럽혔다.
死 Ken ㄉ愣 顆 城器以內 ㄇㄧ用葉ㄌ兒 頭囉ㄆㄧㄡ打
這醜聞毀了這政治家的名譽。

❀ 미스（miss）：小姐（用來指稱未婚女性）
咪斯

EX：그녀는 " 미스 미국 " 으로 뽑혔다. 她被選為〝美國小姐〞。
顆妞嫩 咪斯 迷姑歌樓 波ㄆㄧㄡ打

❀ 옥탑방（屋塔房）：屋子上的頂樓、閣樓
喔ㄎ他ㄆ棒

EX：저는 옥탑방에 삽니다. 我住在屋子的頂樓。
愁嫩 喔ㄎ他ㄆ棒世 薩姆尼達

❀ 왕세자（王世子）：王子、太子、皇太子、王儲
王 Say 假

EX：왕세자에 책봉되다 .　被冊封為太子。

王 Say 假世　且ㄗ崩推打

✦ 說說唱唱學韓文 🎧

내가 아무리 노력해도 난 널 이렇게 계속 찾아헤멜
것이다 . 그러니 이제 니차례다 . 니가 도망가라 .
《成均館緋聞》朴有天

餓嘎 阿木力 NO 溜 K 都 難 挪兒 以囉 K K-SOㄋ 掐家嘿妹兒 溝西打 .

渴了你 以戒 尼掐咧打 . 尼嘎 頭茫卡拉

不管我怎麼努力，都一直是像這樣在尋找著你。
所以現在輪到你了，就從我身邊逃開吧。

✿ 아무리：無論如何、不管（怎樣）…
阿木力

EX：아무리 가난해도 책은 꼭 산다 .

阿木力 卡難嘿都 切根 溝ㄋ 散打

不論多貧窮都一定要買書。

✿ 노력（努力）：努力
NO 溜ㄋ

EX：부단한 노력 .　不斷的努力。

僕單酣 NO 溜ㄋ

✿ 이렇다（原形）：像這樣的、這樣的
以囉踏

EX：사건의 진상은 이렇다 .　事情的真相就是這樣。

撒溝內 琴喪恩 以囉踏

✿ 계속（繼續）：持續、繼續、連續
K-SO ㄋ

EX：연구를 계속하다．　繼續研究下去。

油恩姑ㄌ兒 K-SO 咖打

🍀 찾다（原形）：搜尋、尋找

掐ㄊ大

EX：범인을 찾다．　尋找犯人。

婆咪呢兒 掐ㄊ大

🍀 그러니：그러하니的簡稱，所以

渴了你

EX：그러니 화를 낼 만도 하지 않은가．

渴了你 花ㄌ兒 餒兒 蠻都 哈雞 阿嫩嘎

所以說會生氣是理所當然的。

🍀 이제：現在

以戒

EX：이제 뭘 할까？　我們現在做些什麼好呢？

以戒 摩兒 哈兒嘎？

🍀 차례（次例）：順序、次序、下一個

掐咧

EX：네 차례다．　輪到你了。

餒 掐咧打

🍀 도망（逃亡）：逃亡、逃離、逃開

頭茫

EX：범인은 해외로 도망 중입니다．

婆咪嫩 嘿喂囉 頭茫 出 ng 義姆尼達

犯人正逃往海外。

노은설 씨는 객관적으로는 모르겠지만 주관적으로
보면 참 예뻐! 《守護老闆》金在中

NO 恩搜兒 系嫩 K 觀這閣樓嫩 哞勿給機慢 儲觀這閣樓 剖謬恩 恰姆 也剝

從客觀上來看不知道是怎樣，但從我主觀上來看，盧恩雪很漂亮！

객관적（客觀的）：客觀的

K 觀這ㄎ

EX：그 문제는 객관적으로 볼 필요가 있다.

可 木恩 J 嫩 K 觀這閣樓 剖兒 批溜嘎 以大

我們有必要客觀的來看這個問題。

모르다（原形）：不知道、不清楚

哞勿打

EX：사건의 경위를 모르다.　不清楚事情的經過。

撒溝內 ㄎㄧ用ㄩ勿兒 哞勿打

주관（主觀）：主觀、主觀意見

儲觀

EX：점수는 심사 의원의 주관에 따라 제각기였다.

仇姆蘇嫩 辛姆撒 ㄜ伊窩內 儲瓜內 搭拉 切嘎ㄍㄧ唷打

分數會依審查員的主觀而各有不同。

참：很、非常

恰姆

EX：참 놀라운 일이다.　非常令人吃驚。

恰姆 NO 兒拉溫 以哩打

예쁘다（原形）：美麗、漂亮

也ㄅ打

EX：그녀는 자기 엄마보다 예쁘다.　她比她的母親美麗。

顆妞嫩 掐ㄍㄧ 歐姆媽剖打 也ㄅ打

어딘가에서 날 보고 있을까? 후회해도 늦어버려 볼
수 없어〈IN HEAVEN〉

偶丁嘎世搜 拿兒 剖溝 以思兒嘎？呼輝嘿都 呢揪波溜 剖兒 蘇 偶ㄆ搜

你會在哪裡看著我？即使後悔也為時已晚，再不能相見〈IN HEAVEN〉

🍀 어딘가：何處、哪裡

偶丁嘎

EX：어딘가에 쉴 데는 없습니까？　哪裡有可以休息的地方嗎？

偶丁嘎世 噓兒 day 嫩 偶ㄆ思姆尼嘎？

🍀 후회（後悔）：後悔

呼輝

EX：자기가 한 일을 후회하다．　對自己做過的事感到後悔。

掐ㄍㄧ嘎 酣 以ㄌ兒 呼輝哈打

🍀 늦다（原形）：晚了、遲了

呢ㄥ大

EX：예정 시간보다 30 분 늦다．　比預定時間晚了 30 分鐘。

也鄭 吸乾剖打 薩姆西ㄅ×恩 呢ㄥ大

새로 시작하려 해도 쉽게 되지가 않는 우리사랑，내
기억，추억들 ~〈NINE〉

Say 囉 席架咖溜 嘿都 噓ㄆ給 推機嘎 安嫩 屋哩撒朗，餒 key 喔ㄅ，
出喔ㄅ得兒

想要重新開始，卻是這麼的不容易，我們的愛啊，我的記憶，
我的回憶~〈NINE〉

🍀 새로：重新

Say 囉

EX：새로 시작하다. 重新開始。

Say 囉 席架咖打

기억（記憶）：記憶

key 喔ㄎ

EX：어렸을 때의 기억. 兒時的記憶。

偶溜思兒 day ㄝ key 喔ㄎ

나밖에 모르는 소녀가 있죠 언제나 제자리에서 나를
밝혀주는 별 같은.〈소년의 편지〉

拿把給 哞ㄌ嫩 SO 妞嘎 以就 偶恩接那 茄家利ㄝ搜 拿ㄌ兒 爬兒ㄎㄧㄡ主嫩
ㄆㄧㄡ兒 卡特恩〈SO 妞內 ㄆㄧㄡ恩幾〉

有個只有我才知道的女孩 總是在原地如星星般照亮我〈少年的信〉

소녀（少女）：少女、女孩

SO 妞

EX：그녀는 깜찍한 소녀였다. 她是位可愛的小女孩。

可妞嫩 嘎姆機刊 SO 妞唷打

언제나：總是、總、無論何時

偶恩接那

EX：그는 언제나 지각한다. 他總是遲到。

顆嫩 偶恩接那 七嘎看打

제자리：原地、原處

茄家利

EX：제자리에 갖다 놓아라. 請放回原處。

茄家利ㄝ 卡ㄊ大 NO 阿拉

밝히다（原形）：照亮

爬兒 key 打

EX：달빛이 방안을 밝게 밝히다 .　月光照亮了室內。

🦋 별：星星

ㄆㄧㄡ兒

EX：하늘에는 별이 반짝이고 있었다 .

哈ㄋ咧嫩 ㄆㄧㄡ哩 盤家ㄍㄧ溝 以搜打

天空中，星星在閃爍著。

🦋 같다（原形）：如同、等同；和…一樣、好似

卡ㄊ大

EX：샛별 같은 눈 .　如晨星般的眼睛。

Say ㄅㄧㄡ兒 卡特恩 怒恩

🦋 소년（少年）：少年

SO 妞恩

EX：비행 소년 .　不良少年。

皮黑ㄥ SO 妞恩

🦋 편지（片紙、便紙）：信、信件

ㄆㄧㄡ恩幾

EX：편지를 쓰다 .　寫信。

ㄆㄧㄡ恩幾ㄌ兒 思打

文法小進擊

🦋 動詞原型去다 +（으）려고 + 하다／其他動詞

代表做前面那個動作的意圖、慾望或計畫，中文一般翻譯為「想」。若動詞語幹末音節為子音時用「으려고」，末音節為母音及「ㄹ」時則用「려고」。

EX：내일은 일찍 일어나려고 한다. 明天我想早點起床。

　　內伊ㄌㄣ 宜兒記ㄎ 以囉那溜溝 漢打

EX：너는 여기서 살려고 생각했니？ 你有想過要住在這裡嗎？

　　挪嫩 油ㄍㄧ搜 撒兒溜溝 誰應嘎 KEN 泥？

EX：집을 마련하려고 저축을 한다. 因為想買房子所以正在存錢。

　　機不ㄹ 馬溜恩哈溜溝 仇觸歌兒 漢打

🍀 名詞（代名詞、數量詞）＋ 밖에…않다 / 없다 / 못하다 /
　　모르다（否定用語）

用來表示「除了那個以外」的「限定」用法，中文常翻譯為「只」，後面
一般接않다（不）없다（沒有）못하다（不會）모르다（不知道）等否定
用語。

EX：공부밖에 모르는 학생. 只知道讀書的學生。

　　恐怖把給 哞ㄌ嫩 哈ㄋ say ㄥ

EX：하나밖에 남지 않았다. 只剩下一個。

　　哈那把給 南無雞 阿那達

EX：나를 알아주는 사람은 너밖에 없다.

　　拿ㄌ兒 阿拉珠嫩 撒拉悶 挪把給 喔ㄆ大

　　願意理解我的人只有你了。

JYJ 小逸事

JYJ 的三名**成員**（멤버）本是東方神起的成員，**藝名**（예명）分別為**秘奇有天**（믹키유천）、**細亞俊秀**（시아준수）、**英雄在中**（영웅재중）。他們因為合約問題而與原經紀公司 SM 對簿公堂，後**脫離**（탈리）東方神起，另組 JYJ，在 2010 年的 10 月，**首次**（처음으로）以 JYJ 的名義舉辦了**世界**（세계）**巡迴**（투어）Showcase。在日本，2010 年的 4 月，艾迴唱片**發表**（발표）了與 JYJ 簽署合約的**聲明**（성명），並**正式**（정식）**宣布**（게시）JYJ 的組成，以及他們將會在日本活動、**發展**（발전）。**可是**（하지만），就在他們**發行**（발행） 首張日文**迷你**（미니）專輯《The…》之後沒多久，艾迴卻又**突然**（갑자기）宣布**中止**（정지）JYJ 三人在日本的活動，**理由**（이유）是因 JYJ 三人正在韓國與 SM 進行專屬合約的**訴訟**（소송）中，為了**遵守**（준수）**企業**（기업）**經營**（경영）的**道德**（도덕）**倫理**（윤리），所以無法**管理**（관리）JYJ 在日本的演藝**事業**（사업）。不過，首爾**中央**（중앙）**法院**（법원）在 2011 年 2 月**判決**（판결）JYJ 與 SM 簽署的合約**無效**（무효），JYJ 可以**獨立**（독립）進行活動，且 SM 不得予以**妨礙**（방애）之。而同年的 6 月及 10 月間，JYJ 在沒有艾迴的**支援**（지원）下，單靠著粉絲們的**支持**（지지）也成功的在日本舉辦了演唱會。如今，雖然在 SM 的**壓力**（압력）下，JYJ 在韓國**綜藝**（예능）、音樂等節目上**幾乎**（거의）無法**曝光**（노출하다）、宣傳唱片，但其唱片銷售仍開出紅盤，團員所**主演**（주연）的戲劇收視率也亮眼不俗，可見其人氣之旺。

想認識更多的 JYJ，請往這裡去

JYJ 韓國官方網站：
http://www.c-jes.com/ko/artist/about.asp?artist=1&act=1

JYJ 韓國官方 FB：http://www.facebook.com/CJESJYJ

金在中個人推特：http://twitter.com/#!/mjjeje

朴有天個人推特：http://twitter.com/#!/6002theMicky

金俊秀個人推特：http://twitter.com/#!/1215thexiahtic

CNBLUE (씨엔블루)

人蔘姬帶你認識
CNBLUE

照片來源：達志影像

이정신

이정신
李正信
位置：貝斯 & RAP
生日：1991.09.15
身高體重：186CM 61KG

이종현
李宗泫
位置：吉他＆主唱
生日：1990.05.15
身高體重：182CM 64KG

정용화
鄭容和
位置：吉他＆主唱＆RAP
生日：1989.06.22
身高體重：180CM 63KG

강민혁
姜敏赫
位置：鼓手
生日：1991.06.28
身高體重：184CM 60KG

✚ CNBLUE 的歷年代表作

✦ 電視劇作品

✖ 鄭容和

2009 年　《原來是美男》飾　姜信宇　（미남이시네요 --- 강신우）

　　　　　　　　　　　　　米娜米西餃油 --- 扛西怒

2011 年　《你為我著迷》飾　李信　（넌 내게 반했어 --- 이신）

　　　　　　　　　　　　　挪恩 餃給 爬捏搜 --- 以信

✖ 姜敏赫

2010 년　《沒關係，爸爸的女兒》飾　黃延斗

　　　　　（괜찮아，아빠 딸 --- 황연두）

　　　　　　　　　　　魁恩掐拿，阿爸 大兒 --- 黃又恩肚

2011 年　《你為我著迷》飾　汝俊熙　（넌 내게 반했어 --- 여준희）

挪恩 餒給 爬捏搜 --- 油諄厂一、

2012 年　《順藤而上的你》飾　車世光

（넝쿨째 굴러온 당신 --- 차세광）

能酷兒借 苦兒了翁 唐信 --- 掐 Say 廣

✖ 李宗泫

2012 年　《紳士的品格》飾演　Colin　（신사의 품격 ---Colin）

新撒世 撲姆巜一又ㄎ ---Colin

❧ 電影作品

✖ 姜敏赫

2010 年　《木吉他：20 歲之歌 Acoustic》飾　海元

（어쿠스틱 --- 해원）

偶哭死提克 --- 嘿沃恩

✖ 李宗泫

2010 年　《木吉他：20 歲之歌 Acoustic》飾　尚元

（어쿠스틱 --- 성원）

偶哭死提克 --- 僧沃恩

❧ 韓文專輯

✖ 迷你專輯

2010 年 1 月《Bluetory》

2010 年 5 月《Bluelove》

2012 年 3 月《EAR FUN》

✖ 正規專輯

2011 年 3 月《FIRST STEP》

2011 年 4 月《FIRST STEP Special Limited Edition》

（含精美寫真，全球限量 3 萬本）

《FIRST STEP》的意義是象徵著「CNBLUE 以一個真正的音樂人踏出第一步。」

2011 年 4 月《FIRST STEP +1 THANK YOU》
（專輯中歌曲重新填詞、編曲）

生字輕鬆背

🍀 반하다：迷戀、著迷、入迷
盤哈打

　　EX：그 처녀에게 홀딱 반하다 . 完全迷上了那位女孩。
　　　　可　抽妞世 gay　齁兒大ㄞ　盤哈打

🍀 괜찮다（原形）：沒關係
魁恩掐恩踏

　　EX：와 주지 않아도 괜찮다 . 不來也沒關係。
　　　　哇　豬雞　阿那都　魁恩掐恩踏

🍀 아빠：爸爸、父親（幼兒用語）
阿爸

　　EX：우리 아빠는 일벌레예요 . 　我爸爸是個工作狂。
　　　　無力　阿爸嫩　宜兒伯兒累也油

🍀 딸：女兒
大兒

　　EX：그녀는 아들 둘에 딸 하나를 낳았다 .
　　　　可妞嫩　阿得兒　禿咧　大兒　哈那ㄌ兒　哪阿打

　　　　她有兩個兒子一個女兒。

🍀 넝쿨：藤、藤蔓
能酷兒

70

EX：건물이 담쟁이 넝쿨에 쌓여 있다 .

口恩木哩 他姆煎伊 能酷咧 撒唷 以ㄊ大

這棟建築物被藤蔓覆蓋著。

🍀 구르다（原形）：滾動、轉動

苦ㄌ打

EX：공이 구르다 .　球滾動。

空伊 苦ㄌ打

🍀 당신（當身）：你，一般為尊敬的用法，但有時候也用在吵架時當貶

唐信　　　　　　　低吵架對象的詞

EX：당신 누구요 ?　你是誰？

唐信 奴顧油？

🍀 신사（紳士）：紳士

新撒

EX：그는 진짜 신사다 .　他真是一位紳士。

可嫩 琴架 新撒打

🍀 품격（品格）：品格、品性

撲姆ㄍ一ㄡㄎ

EX：품격이 높다 .　品格很高。

撲姆ㄍ一ㄡㄍ一　NOㄆ大

나 한번도 고백 못했는데 한 백 번은 차인 것 같애.
《原來是美男》鄭容和

拿 酣崩都 口背ㄎ 某 Ten 嫩 Day 酣 賠ㄎ 剝嫩 掐因 溝ㄊ 卡ㄊㄝ ㄟ

我連一次都沒告白過，但卻好像被甩了一百次。

🍀 백（百）：一百

賠ㄎ

EX：그런 짓 하지 말라고 백 번은 얘기했잖아！

可囉恩 幾ㄊ 哈機 馬兒拉溝 賠ㄎ 剝嫩 也ㄍ一黑ㄊ家拿！

我已經告訴你一百次別那麼做了！

🍀 번（番）：次數

剝恩

EX：그곳에 가려면 버스를 세 번 갈아타야 한다.

可溝 Say 卡溜謬恩 波斯ㄌ兒 Say 剝恩 卡拉他呀 漢打

想到那兒得換三次公車。

🍀 차이다（原形）：被甩

掐一打

EX：그는 여자 친구에게 차였다. 他被他女朋友給甩了。

可嫩 油價 沁古ㄝ gay 掐唷ㄊ大

백번連在一起指「很多次」，若是分開成백 번，則是實指一百次。

하루에도 몇 번씩 고백 받는 것 지긋지긋해, 너 같은
애 절대로 모르겠지만.《你為我著迷》鄭容和

哈鹿世都 謬ㄊ 剝恩系ㄎ 口背ㄎ 盤嫩 溝ㄊ 奇哥ㄊ蹟哥ㄊㄝ ㄟ，挪 卡特恩

A 扯兒 day 囉 某ㄌ給ㄊ機慢

一天接受好幾次告白我都已經厭煩了，雖然像妳這樣的人肯定
不會懂。

🍀 하루：一天、一日

哈鹿

EX：하루 일을 마치다. 結束一天的工作。

哈鹿 宜ㄌ兒 馬七打

🍀 몇：幾…，後面一般接번（次）、살（歲）、시（點）等單位詞

謬ㄊ

EX：한 달에 외식을 몇 번 하니？ 你一個月外食幾次？

酣 塔咧 微西哥兒 謬ㄊ 剝恩 哈尼？

🍀 받다（原形）：收到、接受、獲得

爬ㄊ大

EX：선물을 받다. 收到禮物。

搜恩木ㄌ兒 爬ㄊ大

🍀 지긋지긋하다（原形）：厭煩

奇哥ㄊ蹟哥他打

EX：지긋지긋한 날씨. 令人厭煩的天氣。

奇哥ㄊ蹟哥灘 拿兒系

🍀 절대로（絕對－）：絕對

扯兒 day 囉

EX：당신의 협조가 절대로 필요합니다.

唐西捏 ㄏㄧㄡㄆ宙嘎 扯兒 day 囉 批六哈姆尼達

我們絕對需要您的協助。

그댈 보면 얼굴이 빨개지고

可 day兒 剖謬恩 偶爾固哩 八兒給機溝

看到妳就會臉紅

그댈 보면 가슴이 두근두근

可 day 兒 剖謬恩 卡思咪 都更都更

看到妳心臟就會怦怦跳

아이처럼 수줍게 말하고 〈사랑 빛〉

阿一抽囉姆 蘇諸ㄆ給 麻兒哈溝〈撒朗 批ㄊ〉

像孩子一樣說話害羞〈愛之光芒〉

🦋 그대：你（較為尊敬、有禮的用法，主要用於文章及歌詞表示親近，
可 day　口語少用；或當聽者為朋友、晚輩、地位低者時尊稱對方）

　EX：내가 정말 그대를 사랑한다는 것을 알잖아요 .

　　　餿嘎　城罵兒 可 day ㄌ兒　撒朗漢打嫩　狗思兒　阿爾家哪油

　　　你知道我是真的愛你。

🦋 빨개지다（原形）：變紅

　八兒給機打

　EX：나는 당황하면 얼굴이 빨개진다 .

　　　哪嫩　唐惶哈謬恩　偶爾固哩　八兒給進打

　　　當我感到慌張失措時就會臉紅。

🦋 두근두근：（心臟）噗通噗通跳

　都更都更

　EX：놀라서 가슴이 두근두근하다 .

　　　NO 兒拉搜　卡思咪　都更都更哈打

　　　因為嚇了一跳而使得心臟噗通噗通跳。

🦋 아이：孩子、小孩

　阿一

　EX：그 아이는 매우 영리하다 .　那個小孩很聰明。

　　　可 阿一嫩　沒霧　勇利哈打

🦋 수줍다（原形）：害羞

　蘇諸ㄆ大

EX：수줍은 태도 . 害羞的態度。

　　蘇諸奔 貼斗

🍀 빛：光線、光芒

　　批ㄊ

EX：빛이 투과하다 . 光芒透了過來。

　　　批七 禿瓜哈打

시계바늘만 쳐다보는게

西給爬ㄋ兒蠻 秋搭剖嫩給

只看著時鐘的指針
말 안해도 다른 사람 생긴 걸 알아 〈외톨이야〉

馬兒 安嘿都 塔愣 撒拉姆 Sayㄥㄍㄧㄴ 溝兒 阿拉〈微偷利呀〉

即使不說，我也知道妳有了別人〈孤獨的人〉

🍀 시계（時計）：時鐘、鐘錶

　　西給

EX：이 시계는 10 분 빠르다 . 這鐘快了 10 分鐘。

　　　以 西給嫩 西ㄆ不恩 八ㄌ打

🍀 바늘：針

　　爬ㄋ兒

EX：시계 바늘이 10 시를 가리키다 . 時針指向 10 點鐘。

　　　西給 爬ㄋ哩 油兒系ㄌ兒 卡哩 key 打

🍀 만：只…（有限定意味）

　　蠻

EX：보기만 해도 즐겁다 . 光只是看著也很有趣。

　　　剖ㄍㄧ蠻 嘿都 之兒溝ㄆ打

🍂 쳐다보다 : 看、盯著；仰望、凝視
秋搭剖打

EX : 왜 그런 눈으로 저를 쳐다보세요？
微 可囉恩 奴ㄋ囉 仇ㄌ兒 秋搭剖 Say 唷

你為什麼用那種眼神看我？

🍂 안 : 不……（表否定用法）
安

EX : 난 그 일을 죽어도 안 해． 我死也不會做那件事。
難 可 伊ㄌ兒 朱溝都 安 嘿

🍂 다르다（原形）：（以다른形態出現時表示）另外、其他的；不同
塔ㄌ打

EX : 다른 사람． 其他的人。
塔愣 撒拉姆

🍂 사람 : 人
撒拉姆

EX : 사람은 만물의 영장이다． 人是萬物之靈。
撒拉悶 蠻木咧 勇將伊達

🍂 생기다（原形）：有；產生；出現；發生
Say ㄥㄍㄧ打

EX : 돈이 생기다． 多出一筆錢。
頭尼 Say ㄥㄍㄧ打

🍂 외톨이 : 孤獨一人、單身
微偷利

EX : 부모가 죽어 외톨이가 되다． 雙親亡故，只剩孤獨一人。
僕某嘎 朱溝 微偷利嘎 推打

Uh 네 입술은 이별을 말하길 원해

Uh 餒 伊ㄆ蘇ㄌㄣ 以ㄅㄧㄡㄌ兒 麻拉ㄍㄧㄦ 窩內

Uh 妳的嘴即將說出分手

네 눈빛은 나를 피하려고 만해

餒 奴恩逼ㄘㄣ 拿ㄌ兒 批哈溜溝 麻內

妳的眼神只想逃避我

I ready know 난 아주 직감적으로〈직감〉

I ready know 難 阿朱 雞ㄘ肝姆糾哥囉〈雞ㄘ肝姆〉

I ready know 我已經感覺到〈直感〉

네：（너의的縮寫）你的

餒

EX：이것이 네 책상이다． 這是你的桌子。

以溝西 餒 切ㄘ商一打

입술：嘴唇

伊ㄆ蘇兒

EX：입술이 부었다． 我的嘴唇腫了起來。

伊ㄆ蘇哩 僕喔ㄊ大

눈빛：眼神、眼光、目光

奴恩逼ㄊ

EX：성난 눈빛． 憤怒的眼神。

僧難 奴恩逼ㄊ

피하다（原形）：避開、躲開

批哈打

EX：날아오는 공을 피하다． 避開飛來的球。

拿拉哦嫩 空ㄜ兒 批哈打

🍀 직감（直感）：直覺、感覺、第六感
　　雞ㄎ肝姆

　　EX：위험이 다가오고 있다는 것을 직감했다.
　　　　魚駒咪　塔嘎哦溝　宜ㄊ大嫩　溝思兒　雞ㄎ肝姆嘿ㄊ大
　　　　感覺到有危險正在靠近。

文法小進擊

🍀 韓文語尾的尊卑變化
由於韓國是一個相當重視長幼關係的國家，所以在他們的語言中也顯現出了這樣的特色。下面用表格稍微整理出現代韓語中常用、表示人與人之間尊卑關係的語尾變化。

			實用例	說明
格式體	極尊待	－（으）시－	가십니다	格式體常用於正式場合，或話者聽者初次見面、交情生疏，尚未產生上下關係時。
	尊待	－ㅂ니다 습니다	갑니다	
非格式體	尊待	－아요 －어요 －여요	가요	非格式體為話者聽者關係親近、表達親切感時使用，但－요型仍帶有敬意。
	下待	語尾去요	가	對平輩晚輩或關係相當親近的人使用，也稱為반말（常譯作半語或平語）

＊不過對韓國人來說「相當親近的人」並不包括父母親及社交關係中的長輩。無論和父母、長輩再怎麼親近，都還是必須使用敬語。

78

✽ 動詞原形去다 + 고 싶다

用以表現出一個人有做前面那個動作的欲望或意圖，中文一般翻譯為「想」。

EX：나는 이제 그만 자고 싶다.　我現在只想馬上睡覺。

　　哪嫩 以戒 可慢 掐溝 西ㄆ大

EX：그 사람에 대해 알고 싶으면 그의 교우 관계에 대해 살펴보면 된다.

　　可 撒拉咩 貼嘿 阿爾溝 西ㄆ謬恩 可世 ㄎㄧㄡˊ悟 款 gay 世 貼嘿

　　撒兒ㄆㄧㄡ剖謬恩 退恩打

如果想了解一個人，只要觀察他的交友關係就行了。

CNBLUE 小逸事

CNBLUE 是 FTISLAND 的師弟，也是韓國首席的型男樂團（밴드），每位團員的身高都在
陪恩ㄅ

180CM 以上（이상），老么（막내）正信更是
宜桑　　　　　　　　　忙內

擁有 187CM 九頭身比例（비율）的「女神」
皮Ｕ兒

（여신）。他們的團名「CNBLUE」是來自於
油信

「Code Name Blue」的縮寫（약어），而 BLUE
牙狗

四字則分別（개별）代表了四位成員的特性（특
　　　　Ｋㄅㄧㄡ兒　　　　　　　　　　　　去ㄎ

성）──Burning（李宗泫）、Lovely（姜敏赫）、
搜ㄥ

Untouchable（李正信）、Emotional（鄭容和），

有著「由四人組合（결합）成一個顏色」的意味
ㄎㄧㄡ拉ㄆ

在前面的小專欄裡曾經提到過，韓國人非常注重長幼及輩份，身在一個團體裡，或是來到一個新環境，一定會馬上就搞清楚彼此年齡的排序。這是韓國人生活中的一部分，在偶像團體裡也是如此。這樣一來，團體裡年紀最小的自然就成了老么（막내），無論是該成員自我介紹時，或其他團員提及該成員時，經常都會使用，華語圈的網友常取「老么」這個韓文單字的發音，暱稱其為「忙內」。

（의미）。
己伊覓

2009 年時，CNBLUE 為了**提昇**（올리다）自己
偶爾哩打

的音樂**實力**（실력）而去到了樂團**文化**（문화）
西兒六ㄎ　　　　　　　　　　　　　　姆恩化

盛行（유행하다）的日本留學，於出道前以地
U 嘿ㄥ哈打

下樂團的**身份**（신분）活躍於日本，也在當地
新不恩

舉辦了一百多場的**街頭**（길거리）演唱會，並
key 兒溝裡

於 2009 年的 8 月 19 日，以**獨立**（인디즈）樂團
因底子

的身份在日本發表了第一張迷你專輯《Now or

Never》出道。至於在韓國**當地**（당지），則要
唐記

等到 2010 年的 1 月 14 日才**正式**（정식）發行第
城系ㄎ

一張迷你專輯《Bluetory》出道。

2012 年時，CNBLUE 在**非洲**（아프리카）布吉
阿ㄆ哩喀

納法索**建立**（설립하다）了「CNBLUE 學校」，
搜兒哩趴打

並於 3 月開始**營運**（운영），**經費**（경비）來源
文用　　　　　　　ㄎ一翁比

則是**唱片**（레코드）和演唱會的部分**收入**（수
雷摳ㄉ　　　　　　　　　　　蘇

입），而 CNBLUE 的團員也**預計**（예정）將於
易ㄆ　　　　　　　　　　　也爭

2012 年的**夏天**（여름）前往該校**訪問**（방문）。
油勒姆　　　　　　　　旁木恩

同時 CNBLUE 也**提供**（제공）該地**貧困**（가난
切拱　　　　　　　　卡難

하다）的**學童**（幼稚園加**初中學生**（중학생）共
哈打　　　　　　　　　　　　儲ㄥ哈ㄎ Say ㄥ

200 名）**放學**（방과）後的伙食。
旁卦

CNBLUE 在節目專訪中曾說：「在我們出道之前的那五年練習生生活，就好像是活在音樂監獄裡頭一樣。」一語道出了他們在練習生時期所遭遇的苦楚與困境。

♣ 想認識更多的 CNBLUE，請往這裡去

✖ CNBLUE 韓國官方網站：http://cnblue.co.kr/cnblue/kor/index.html

✖ CNBLUE 韓國官方推特：http://twitter.com/#!/CNBLUE_4

✖ CNBLUE 韓國官方 FB：

https://www.facebook.com/profile.php?id=100000143110323&ref=tn_

tnmn#!/pages/CNBLUE/116994331711734

✖ CNBLUE 韓國會員官網：http://cafe.daum.net/CNBLUE

2AM(투에이엠)

人蔘姬帶你認識

2AM

照片來源：達志影像

진운

이름　정진운
移勒姆　成績怒恩

名字　鄭珍雲

🍀 생년월일　1991.05.02
誰應妞諾麗兒　醜恩苦倍ㄎ苦西嗶兒六恩　偶窩兒 疑義兒

出生年月日　1991.05.02

신체 185cm ／ 73kg
新竊　陪ㄅ趴兒西剁誰恩踢米偷／妻兒西ㄆ薩姆 key 兒囉格雷姆

身體 185cm ／ 73kg

학력   대진대 재학중
夯ㄋㄧㄡㄎ 帖進 day 茄哈ㄎ住ㄥ

學歷　大真大學 在學中

韓文的大學稱為「大學校」(대학교)，但口語上可省略掉학교兩字，就跟我們也會將台灣大學簡稱為「台大」是一樣的。

혈액형   O
ㄏㄧㄡ咧ㄎㄧ用 O

血型　O

취미   농구
屈咪　　農固

興趣　籃球

특기   기타 , 베이스 , 드럼
特ㄍㄧ　key 踏，賠一絲，ㄊ囉姆

專長　吉他，Bass，打鼓

별명   라카
ㄆㄧㄡ兒謬ㄥ　拉卡

綽號　Rocker

珍雲相當喜歡搖滾樂，高三時（出道前）曾經是樂團的主唱，所以才會有這個綽號。但 Rocker 在韓語中的正確表記法是로커，據說叫成라카是因為聽起來比較可愛。

이상형   귀엽고 착한 여자
宜桑ㄏㄧ用 ㄅㄩ唷ㄆ溝 搯刊 油價

理想型　可愛乖巧的女生

좋아하는 음식 개불빼고 다 좋아함
球阿哈嫩 ㄤ姆西ㄎ　K 不兒杯溝 塔 球阿哈姆

喜歡的食物　除了海腸之外全都喜歡

🍀 종교 기독교

蟲《一ㄡˋ　key 都ㄎ/《一ㄡˋ

宗教 基督教

이름 조권

移勒姆　仇過恩

名字 趙權

🍀 생년월일　1989.08.28

誰應妞諾麗兒　醜恩苦倍趴兒西ㄆ苦ㄋ一ㄡˋ恩　趴羅兒 以西ㄆ趴麗兒

出生年月日　1989.08.28

🍀 신체　175cm / 55kg

新竊　陪ㄎ七兒西剁誰恩踢米偷／喔西剁 key 兒囉格雷姆

身體　175cm ／ 55kg

談到趙權，就不能不提到他在真人實境節目《我們結婚了》裡的出色表現。趙權在節目中與 Brown Eyed Girls 的佳人配對為假想夫妻，由於兩人在平均身材高大的韓國人當中，身高都略顯嬌小，而韓文的「嬌小」和亞當同音，所以兩人被粉絲暱稱為「亞當夫婦」（하당부부）。

🍀 학력　경희대학교 포스트모던음악학 재학중

夯ㄋ一ㄡㄎ　ㄎ一用ㄏ一帖哈《一ㄡˋ　波斯ㄊ某都呢媽咖ㄎ 茄哈ㄎ住ㄥ

學歷　慶熙大學後現代音樂系 在學中

🍀 혈액형　A

ㄏ一ㄡ咧ㄎ一用 A

血型　A

🍀 취미　음악듣기 , 영화보기 , 노래부르기

屈咪　噁媽ㄎ特ㄊ／《一，油 ng 畫 BO《一，NO 累普了《一

興趣　聽音樂，看電影，唱歌

특기 노래 , 중국어 , 일본어

特ㄍㄧ－ NO 累，儲ㄥ辜狗，宜兒BO 挪

專長 唱歌，中文，日語

별명 조발랭 , 깝권

ㄆㄧ－ㄡ兒謬ㄥ 抽八兒咧ㄥ，嘎ㄆ過恩

綽號 趙發冷（Joballaeng），瘋權

이상형 이해심 많고 유머 감각이 있는 여자

宜桑ㄏㄧ－用 宜嘿西姆 蠻扣 U 摸 卡姆嘎ㄍㄧ－ 銀嫩 油價

理想型 有包容心且幽默的女生

좋아하는 음식 간장게장 , 양념게장 , 치킨

球阿哈嫩 ㄜ姆西ㄅ 刊醬 K 醬，羊妞姆 K 醬，七 key ㄅ

喜歡的食物 醬油生醃螃蟹，辣味生醃螃蟹，炸雞

종교 기독교

蟲ㄍㄧㄡ、 key 都ㄅ/ㄍㄧㄡ、

宗教 基督教

창민

이름 이창민

移勒姆 移槍民

名字 李昶旻

생년월일   1986.05.01

誰應妞諾麗兒 醜恩苦倍趴兒西ㄅㄧ－ㄨㄥ ㄋㄧㄡ、恩 偶窩兒 伊麗兒

出生年月日 1986.05.01

신체 180cm / 72kg

新竊 陪ㄅ趴兒西ㄆ誰恩踢米偷／妻兒西嗶 key 兒囉格雷姆

身體 180cm／72kg

🍀 학력　동아방송대학 보컬과

夯ㄋㄧㄡㄥ　同阿旁送帖哈ㄅPO克兒瓜

學歷　東亞放送大學聲樂系

🍀 혈액형　A

ㄏㄧㄡ咧ㄅㄧ用 A

血型　A

🍀 취미　컴퓨터게임

屈咪　口姆 P-U 偷給義姆

興趣　電腦遊戲

🍀 특기　노래, 영어

特ㄍㄧ　NO 累，勇喔

專長　唱歌、英文

🍀 별명　몽민

ㄆㄧㄡ兒謬ㄥ　夢民

綽號　夢旻

🍀 이상형　착하고 귀엽고 4 차원 매력이 있는 여자

宜桑ㄏㄧ用　掐咖溝　ㄎㄩ唷ㄆ溝　撒掐沃恩　媒溜ㄍㄧ　銀嫩　油價

理想型　乖巧可愛，有四次元魅力的女生

🍀 좋아하는 음식　소고기등심

球阿哈嫩　ㄜ姆西ㄅ　SO 溝ㄍㄧ藤西姆

喜歡的食物　牛里脊

🍀 종교　천주교

蟲ㄍㄧㄡ、　扯恩主ㄍㄧㄡ、

宗教　天主教

이름 임슬옹
移勒姆 移姆思龍

名字 任瑟雍

根據經紀公司的正名以及瑟雍本人表示，其實슬옹這個名字是純韓語，並沒有漢字。「瑟雍」則是華語圈目前最常使用的音譯。

🦋 생년월일　1987.05.11
誰應妞諾麗兒 醜恩苦倍趴兒西ㄆ七兒六恩 偶窩兒 西嗶麗兒

出生年月日　1987.05.11

🦋 신체　186cm ／ 75kg
新竊　陪ㄅ趴兒西ㄅㄧ×ㄅ誰恩踢米偷／妻兒西剝key兒囉格雷姆

身體　186cm ／ 75kg

🦋 학력　대진대학교 재학중
夯ㄋㄧㄡㄅ 帖進帖哈ㄍㄧㄡ、茄哈ㄅ住ㄥ

學歷　大真大學 在學中

🦋 혈액형　O
ㄏㄧㄡ咧ㄅㄧ用 O

血型　O

🦋 취미　노래하기 , 쇼핑 , 영화감상
屈咪　NO累哈ㄍㄧ，修屁ㄥ，油ng畫卡姆尚

興趣　唱歌，購物，看電影

🦋 특기　노래 , 영어 , 중국어
特ㄍㄧ　NO累，勇喔，儲ㄥ辜狗

專長　唱歌，英文，中文

🦋 별명　옹이 , 옹슬이
ㄆㄧㄡ兒謬ㄥ　翁矣，翁斯里

綽號　雍兒，雍瑟

87

🦋 이상형　나랑 잘 맞고 건강미 있고 아담한 여자

宜桑厂ㄧ用　哪啷 掐兒 馬去溝 肯康米 以去溝 阿搭姆酣 油價

理想型 跟我很合、健康美、淡雅的女生

🦋 종교 무교

蟲ㄍㄧㄡˋ 姆ㄍㄧㄡˋ

宗教 無

瑟雍說，他很喜歡申敏兒。之前申敏兒跟李昇基主演《我的女友是九尾狐》時，他雖想認真看完，但卻實在難以接受劇中兩人的親密戲。嫉妒李昇基的他還因此上網去搜尋有無反李昇基的粉絲，結果卻被李昇基取笑說，該不會搜尋出來的結果就是瑟雍吧！

生字輕鬆背 🎧

🦋 재학（在學）：在學

茄哈ㄎ

EX：재학 중에 국가 고시에 합격하다．　還在學時就通過了國家考試。

茄哈ㄎ 珠ㄥ/ㄝ 苦尷 口西ㄝ 哈ㄆ/ㄍㄧㄡ咖打

🦋 부르다（原形）：唱歌、唱

普ㄌ打

EX：그녀는 노래를 잘 부른다．　她歌唱得很好。

可妞嫩 NO 累ㄌ兒 掐兒 普ㄌㄣˋ 打

🦋 중국어（中國語）：中文、中國話

儲ㄥ辜狗

EX：나는 중국어를 조금 할 줄 안다．　我會說一點中文。

哪嫩 儲ㄥ辜狗ㄌ兒 周ㄍ姆 哈兒 朱兒 安打

🦋 일본어（日本語）：日語、日本話

宜兒BO 挪

EX：요즘 일본어 공부를 좀 하고 있어요．　我最近在學日語。

油滋姆 宜兒BO 挪 恐怖ㄌ兒 周姆 哈溝 一搜油

🌼 이해（理解）：理解、懂得

宜嘿

EX：당신의 입장도 충분히 이해합니다.　我完全能理解你的立場。

唐西捏 宜ㄆ醬都 出ㄥ不你 宜嘿哈姆尼達

🌼 많다（原形）：多

蠻踏

EX：그는 친구가 많다.　他有很多朋友。

可嫩 沁古嘎 蠻踏

🌼 유머（humor）：幽默

U 摸

EX：그는 유머 감각이 전혀 없다.　他完全沒有幽默感。

可嫩 U 摸 卡姆嘎ㄍㄧ 扯妞 喔ㄆ大

🌼 감각（感覺）：……感、感覺

卡姆嘎ㄎ

EX：그는 신체의 평형감각이 뛰어나다.　他身體的平衡感很好。

可嫩 新竊ㄝ ㄆㄧ用ㄏㄧ用嘎姆嘎ㄍㄧ ㄅㄩ喔那打

🌼 간장（一醬）：醬油

刊醬

EX：간장을 치다.　淋上醬油。

刊醬ㄜ兒 七打

🌼 게：螃蟹

K

EX：게에 물렸다.　我被螃蟹夾了。

Kㄝ 姆兒溜ㄊ大

❀ 양념：辛香料、香料、調味料
羊妞姆

EX：양념을 하다.　加調味料。
羊妞ㄇ兒 哈打

❀ 치킨（chicken）：炸雞、雞肉
七 key ㄣ

EX：치킨으로 하겠습니다.　請給我炸雞。
七 key 呢囉 哈給ㄊ思姆尼達

❀ 쇼핑（shopping）：消費、購物
修屁ㄥ

EX：나는 쇼핑을 별로 좋아하지 않는다.　我不是很喜歡購物。
哪嫩　修屁ㄥㄅ兒 ㄆㄧㄡ兒囉 球阿哈機 安嫩打

❀ 영어（英語）：英文、英語
勇喔

EX：쉬운 영어로 설명해 주세요.　請用簡單的英文解釋。
虛溫 勇喔囉 舌兒謬ㄥ嘿 儲 Say 喲

❀ 건강（健康）：健康
肯康

EX：저는 건강이 별로 안 좋아요.　我不是很健康。
扯嫩 肯康伊 ㄆㄧㄡ兒囉 安 球阿油

❀ 미（美）：美、美麗
米

EX：미의 여신.　美的女神。
米せ 油信

🍀 아담 (雅澹；雅淡)：淡雅、雅致；整潔；嬌小

阿搭姆

EX：집이 아담하다. 房子很雅致。

機嗶 阿搭媽打

🍀 무 (無)：無、沒有

姆

EX：무에서 유를 낳다. 從無中生有。

姆世搜 U 为兒 哪踏

🍀 보컬 (vocal)：聲樂；聲音的，（樂團的）主唱

PO 克兒

EX：그녀는 자신이 보컬로 있던 그룹이 해체된 직후 솔로로
데뷔하였다.

可妞嫩 掐西尼 PO 克兒囉 已都恩 可露嗶 嘿切推恩 機酷 搜兒囉囉

鐵ㄅㄩ哈唷ㄊ大

她原本在團體裡擔任主唱，團員們分道揚鑣後，即以個人身份出道。

🍀 컴퓨터 (computer)：電腦

口姆 P-U 偷

EX：내 컴퓨터는 업그레이드를 해야 한다. 我的電腦需要升級。

內 口姆 P-U 偷嫩 喔ㄆ哥累一得为兒 嘿呀 漢打

🍀 착하다 (原形)：乖巧；善良；好

掐咖打

EX：당신은 너무 착해서 탈이에요. 你的問題就是你太善良了。

唐西嫩 挪木 掐K搜 他力ㄝ油

🍀 귀엽다 (原形)：可愛；迷人

ㄎㄩ唷ㄆ大

EX：너는 웃을 때가 귀엽다 .　你笑起來的時候很可愛。

挪嫩　五思兒　day 嘎　ㄅㄩ唷ㄆ大

🌼 매력（魅力）：魅力

媒溜ㄎ

EX：그는 매력 있는 남성이다 .　他是個很有魅力的男人。

可嫩　媒溜ㄎ　銀嫩　南無搜ㄥ一打

🌼 소고기：牛肉

SO 溝ㄍㄧ

EX：소고기를 가장 좋아합니다 .　我最喜歡牛肉。

SO 溝ㄍㄧ／ㄌ兒　卡江　球阿哈姆尼達

🌼 등심（一心）：里脊、里脊肉

藤西姆

EX：등심으로 5 인 분 주세요 .　請給我 5 人份的里脊肉。

藤西ㄇ囉　喔銀　不恩　儲 Say 唷

🌼 천주（天主）：天主、主

扯恩主

EX：그는 천주교 신자이다 .　他是天主教徒。

可嫩　扯恩主ㄍㄧㄡ、　新家一打

🌼 농구（籠球）：籃球

農固

EX：그는 농구를 정말 좋아한다 .　他很熱衷於籃球。

可嫩　農固ㄌ兒　城罵兒　球阿漢打

🌼 드럼（drum）：鼓

ㄊ囉姆

EX：드럼을 치다．打鼓。

　　　　ㄊ囉ㄇ兒 七打

✿ 빼다（原形）：除去；扣掉；不要

　　杯打

　　EX：갑을 빼고 을을 넣다．扣掉甲，加入乙。

　　　　卡ㄅ兒 杯溝 餓ㄌ兒 挪踏

✿ 2AM 的歷年代表作

✿ 電視劇作品

✖ 趙權

2010 年《金枝玉葉向錢衝》飾 黃玉葉 （몽땅 내 사랑 --- 황옥엽）

　　　　　　　　　　　夢蕩 餒 撒朗 --- 黃哦ㄍㄧㄡㄅ

✖ 瑟雍

2010 年 MBC《個人取向》飾 金太勛 （개인의 취향 --- 김태훈）

　　　　　　　　　　K 伊捏 屈ㄏㄧㅊ 、--- Kim 貼混

✖ 珍雲

2012 年《Dream High 2》飾 陳由珍 （드림하이 2 --- 진유진）

　　　　　　　　　ㄊ哩姆嗨 2 --- 勤 U 進

✿ 電影作品

✖ 瑟雍

2010 年 MBC《便當》飾 修哲 （도시락 --- 수철）

　　　　　　　　　頭西拉ㄅ --- 蘇徹兒

2010 年《木吉他：20 歲之歌 Acoustic》飾 志厚 （어쿠스틱 --- 지후）

　　　　　　　　　　偶哭死提克 --- 機護

✿ 韓文單曲／專輯

✖ 正規專輯

2010 年 10 月 26 日《Saint o'clock》

迷你專輯

2010 年 1 月 21 日《死也不放開你》（죽어도 못 보내）

儲溝都 某ㄊ 剖內

2010 年 3 月 16 日 Repackage《我錯了》（잘못했어）

掐兒某貼搜

韓國歌手們發行專輯時經常會改版，改版後的專輯通常會比原版專輯多出幾首新歌。在這些新歌當中，用來在音樂節目上進行宣傳活動的稱為「後續曲」（후속곡），有點類似中文裡的「第二波主打」。順帶一提，一張專輯中的主打歌則稱為타이틀곡。

2012 年 3 月 12 日《費茲傑羅式的愛情故事》（F.Scott Fitzgerald's Way Of Love）

單曲

2008 年 7 月 11 日《這首歌》（이 노래）

已 NO 累

2009 年 3 月 19 日《Time For Confession》

2011 年 3 月 16 日《最愛》（최고의 사랑）

催溝せ 撒朗

生字輕鬆背

개인（個人）：個人

K 因

EX：개인의 이익과 단체의 명예 .　個人的利益與團體的名譽。

K 伊捏 疑義ㄎ瓜 談竊せ 謬ㄥ業

취향（趣向）：愛好

屈ㄏㄧㄤ 丶

EX：우리는 음악에 대한 취향이 비슷하다 .

無力嫩 噁媽給 貼酣 屈ㄏㄧㄤ 丶 伊 皮斯他打

我們在音樂上有相似的愛好。

🍀 도시락 : 便當

　頭西拉ㄎ

　　EX : 많은 아이들이 도시락으로 김밥을 싸 왔다 .

　　　　馬嫩 阿一得哩 頭西拉閣樓 Kim 巴ㄅ兒 撒 哇ㄊ大

　　　　有很多孩子都買紫菜飯捲充當便當吃。

🍀 죽다 (原形) : 死

　儲ㄎ大

　　EX : 그는 죽었다 .　他死了。

　　　　可嫩 儲溝ㄊ大

🍀 도 : 也

　都

　　EX : 나도 스키 타러 가고 싶다 .　我也想去滑雪。

　　　　哪都 斯 key 他了 卡溝 西ㄆ大

🍀 이 : 這、這個

　已

　　EX : 이 책은 내 것이다 .　這本書是我的。

　　　　已 切根 餒 溝西打

아직 가슴이 아픈 건

阿機ㄎ 卡思咪 阿噴 溝恩

我的心還是好痛

참아도 눈물이 나는 건

掐媽都 奴恩木哩 哪嫩 溝恩

就算努力忍耐眼淚卻還是不停落下

입으론 잊었다 말해도

已不囉恩 以糾ㅆ大 馬咧都

嘴裡說著我已經忘了

나조차 속여보려고 해도

哪抽岔 SO ㄍ一ㄡ剖溜溝 嘿都

這樣試圖欺騙自己

널 잊지 못해서 그런 거라서〈미친듯이〉

挪兒 已ㅆ機 某貼搜 可囉恩 狗拉搜〈米親ㄅ系〉

卻忘不了你怎麼也忘不了你〈像瘋了一樣〉

✿ 아직：還；至今

阿機ㄎ

EX：그는 아직 자고 있다． 他還在睡。

　　　可嫩 阿機ㄎ 掐溝 以ㅆ大

✿ 가슴：心、心臟、胸口

卡思姆

EX：그녀만 보면 가슴이 뛴다． 只要一看到她，我就會心跳加速。

　　　可妞滿 剖謬恩 卡思咪 ㄅㄩㄣˋ打

✿ 아프다（原形）：疼痛

阿ㄆ打

EX：목이 아프다． 我喉嚨痛。

謀《一 阿ㄆ打

참다（原形）：忍耐

掐姆大

EX：너무 오랫동안 참아 왔다． 我已經忍耐很久了。

挪木 偶咧懂案 掐媽 哇ㄊ大

눈물：眼淚

奴恩木兒

EX：눈물이 뺨을 타고 흘러내렸다． 眼淚滑落我的臉頰。

奴恩木哩 ㄅ一ㄚ丶ㄇ兒 他溝 ㄏ兒了餒溜ㄊ大

속이다（原形）：欺騙

SO《一打

EX：귀신은 속여도 내 눈은 못 속인다．

ㄎㄩ西嫩 SO《一ㄡ都 餒 奴嫩 某ㄊ SO《一ㄣ丶打

就算你騙得了鬼，也騙不了我的眼睛。

미치다（原形）：瘋狂、發瘋

米七打

EX：그는 아내가 죽자 미치고 말았다． 他的妻子死後他就瘋了。

可嫩 阿內嘎 儲ㄘ架 米七溝 馬拉ㄊ大

내가 잘 잘 잘못했어

餒嘎 掐兒 掐兒 掐兒某貼搜

我錯 錯 錯了

니 말이 달 달 달콤해서

尼 馬哩 塔兒 塔兒 塔兒扣咩搜

你的話太甜甜甜美了

맨날 말 말 말로만 날 날 날로 날

MAN 那兒 馬兒 馬兒 馬兒囉蠻 哪兒 哪兒 哪兒囉 哪兒

根本不知你只用話話話 就把我我我我

갖고 노는 걸 몰랐어 〈잘못했어〉

卡ㄊ溝 NO 嫩 溝兒 摩兒拉搜 〈掐兒某貼搜〉

整天耍得團團轉 〈我錯了〉

🍀 잘못 : 錯誤、錯

掐兒某ㄊ

EX : 그것은 제 잘못이 아닙니다 . 　那不是我的錯。

可溝森 切 掐兒某西 阿尼姆尼達

🍀 달콤하다（原形）: 甜美

塔兒扣媽打

EX : 그의 달콤한 말에 속지 마라 . 　別被他的甜言蜜語給騙了。

可世 塔兒扣滿 馬咧 SOㄅ機 麻辣

🍀 맨날 : 每天、總是、經常

MAN 那兒

EX : 내 남동생들은 맨날 싸워 . 　我的弟弟們每天都吵架。

餡 南無懂 Sayㄥ得ㄌㄣ MAN 那兒 撒窩

하루종일 네 생각만 하다가

哈鹿崇義兒 尼 誰應剛蠻 哈達嘎

一整天只想著你

한 가닥 눈물이 멋대로 주르륵 흐른다

酣 卡達ㄎ 奴恩木哩 麼ㄊday 囉 儲ㄌㄌㄥ ㄏ/ㄌㄣˋ 打

想著想著 一行淚就肆意的流了下來

걸음 걸음 네 모습이 밟혀서

口勒姆 口勒姆 尼 謀思曄 趴兒ㄆ一ㄡ搜

一步一步的踩著你的身影
일을 하다가도 나도 모르게 또 흐른다 〈너도 나처럼〉
一ㄌ兒 哈達嘎都 哪都 哞ㄌ給 豆ㄏㄧㄌㄣ、打〈挪都 哪抽囉姆〉
事情做著做著我又不自覺的流淚了〈妳是否也像我一樣〉

🦋 하루 : 一天、一日
哈鹿

　EX : 하루는 24 시간이다 .　一天有 24 小時。
　　　 哈鹿嫩　思木兒 say 吸嘎你打

🦋 종일（終日）: 整天、終日
崇義兒

　EX : 어제는 종일 비가 왔다 .　昨天下了一整天的雨。
　　　 喔戒嫩　崇義兒　皮嘎　哇ㄊ大

🦋 한 : 一…，後接名詞或單位詞
酣

　EX : 노래 한 곡 불러 주시겠어요 ?　你願意為我們唱一首歌嗎？
　　　 NO 累　酣　口ㄅ　僕兒囉　儲西給搜油

🦋 멋대로 : 肆意、擅自、任意
麼ㄊ day 囉

　EX : 멋대로 행동하다 .　擅自行動。
　　　 麼ㄊ day 囉　嘿ㄥ東哈打

🦋 주르륵 : 形容液體流動、滑落的狀聲詞
儲ㄌㄌㄣ

　EX : 이마에서 땀이 주르륵 흐르다 .　汗自額頭滑落。
　　　 姨媽ㄝ搜　大咪　儲ㄌㄌㄣ　ㄏㄧㄌ打

❧ 흐르다 (原形)：流下、落下

厂/ㄌ打

EX：그의 눈에서 눈물이 흘렀다.　眼淚從他的眼中落下。

可世 奴捏搜 奴恩木哩 厂兒囉ㄊ大

❧ 걸음：步伐、步履

口勒姆

EX：그는 몇 걸음 떨어져서 나를 따라왔다.

可嫩 謬ㄊ 口勒姆 都囉糾搜 哪ㄌ兒 搭拉哇ㄊ大

他跟在我後方幾步之遙。

❧ 모습：身影

謀思ㄆ

EX：그의 모습은 아무데도 보이지 않았다.

可世 謀思奔 阿木 day 都 剖一雞 阿那ㄊ大

找遍任何地方都看不見他的身影。

❧ 밟히다 (原形)：被踩

趴兒ㄆ一打

EX：차 안에서 발을 밟히다.　腳在車上被踩了。

掐 阿內搜 趴ㄌ兒 趴兒ㄆ一打

❧ 일：事情；工作

一兒

EX：일이 잘 풀리다.　事情解決得很順利。

一哩 掐兒 噗兒哩打

❧ 모르다 (原形)：不自覺（多以「모르게」、「모르는」等形態表現）

哞ㄌ打

EX：그 이야기를 듣는 순간 나는 나도 모르는 사이에 얼굴이
　　붉어졌다.

可 宜呀《一ㄉ兒 ㄊㄣ嫩 孫乾 哪嫩 哪都 哞ㄉ嫩 撒伊世 兒故哩 僕兒溝糾ㄊ大

聽見那件事的瞬間，我不自覺地臉紅了。

文法小進擊

❖ 韓語的時態變化（一）：現在進行式、過去式

❀ 現在進行式

動詞 / 形容詞原形去다 + 고 있다

EX：애들이 공원에서 놀고 있다.

世ㄉ哩 恐窩內搜 NO兒溝 以ㄊ大

孩子們正在公園裡玩。

EX：태풍이 다가오고 있다. 颱風正逐漸接近。

貼撲ㄥ伊 塔嘎喔溝 以ㄊ大

EX：농업 인구가 점점 적어지고 있다.

農喔ㄅ 銀姑嘎 抽姆抽姆 扯哥機溝 以ㄊ大

從事農業的人口正逐漸減少。

❀ 過去式

格式體－尊待過去式

動詞 / 形容詞語幹為陽性母音 + 았습니다

動詞 / 形容詞語幹為陰性母音 + 었습니다

하다動詞 / 形容詞 + 였습니다 = 했습니다

例：보다 → 보 + 았습니다 → 보았습니다 → 봤습니다

　　배우다 → 배우 + 었습니다→ 배우었습니다 → 배웠습니다

　　미안하다 → 미안하 + 였습니다 → 미안했습니다

現代韓語母音中，短直線在長直線「右方和上方」的稱為陽性母音（例：ㅏㅑㅗㅛ），短直線在長直線「左方和下方」的、以及其餘母音稱為陰性母音（例：ㅓㅕㅜㅠㅡㅣ）。動詞形容詞在做變化時，必須遵守母音調和原則。韓語的語言習慣為精簡及短縮，故兩個母音碰在一起時會省略其中一個，或盡可能將發音縮短，但中間若隔著一個子音則不在此限。

✘ 非格式體－尊待過去式

動詞 / 形容詞語幹為陽性母音 ＋ 았어요

動詞 / 形容詞語幹為陰性母音 ＋ 었어요

하다動詞 / 形容詞 ＋ 였어요 ＝ 했어요

例：만나다 → 만나 + 았어요 → 만나았어요 → 만났어요

　　마시다 → 마시 + 었어요 → 마시었어요 → 마셨어요

　　사랑하다 → 사랑하 + 였어요 → 사랑했어요

✤ 句型

✘ 動詞 / 形容詞原形去다 ＋ （으）면서

動詞語幹末音節為子音時用「으면서」，末音節為母音及「ㄹ」用「면서」，表示兩個動作同時進行，中文常譯為「一邊…一邊…」。

EX：신문을 보면서 밥을 먹는다． 一邊看報紙一邊吃飯。

新木ㄣ兒 剖謬恩搜 趴ㄅ兒 蒙嫩打

2AM 小逸事

2AM 是由四位大男生所組成的**美聲**（미성）團體，團員們除了昶旻外，
　　　　　　　　　　　　　　　　迷搜ㄥ

其他人都是透過 JYP 所**舉辦**（열다）的「**熱血**（열혈）**男兒**（남아）」
　　　　　　　　　　　油兒打　　　　　　油兒ㄏㄧㄡ兒　　拿罵

這個**競賽**（경쟁）所**篩選**（고르다）出來的。2AM 的音樂**風格**（스타일）
　　ㄅㄧㄥ接ㄥ　　　　口ㄉ打　　　　　　　　　　　　思他義兒

就和其團名一樣，象徵著在**深夜**（심야）中所能感受到最**寧靜**（영정）的
　　　　　　　　　　　　　西ㄇㄧㄚ　　　　　　　　　　勇宙ㄥ

時刻（시각）。**而且**（게다가）在一天之中，會讓人**回想起**（생각나다）
西嘎ㄎ　　　　　K 搭嘎　　　　　　　　　　　　　　Say ㄥ剛那達

最多**感情**（감정）與感覺的時間就是在深夜 2 點，所以也有著將這個時刻
　　　卡姆鄭

裡的**多種**（다종）感情融入音樂中的意思。
　　　塔鐘

2AM 中**年紀**（나이）最大的是昶旻，他是服完**兵役**（병역）後才出道的，
　　　　拿義　　　　　　　　　　　　　　ㄆㄧㄡㄥ優ㄎ

102

算是**演藝圈**（예능계）中**少數**（소수）的**案例**（케이스）。可是，2AM
的團長並不是他，而是 JYP 長期的練習生、**受訓**（훈련）時間長達 8 年
的趙權。

2AM 除了擁有絕佳的歌唱**實力**（실력）外，也憑著其高超的**口才**（말재주）
而**活躍**（활약）在藝能節目中，其中，趙權無釐頭又**瘋癲**（미치광이）的
瘋權**形象**（이미지）尤其深入人心。

據說，趙權「瘋權」形象的由
來本是為了逗他母親的開心。

👆 **想認識更多的 2AM，請往這裡去**

✖ 2AM 韓國官方網站：http://2am.ibighit.com/

✖ 2AM 韓國會員官網：http://cafe.daum.net/2-oclock

✖ 2AM 韓國官方 YouTube：http://www.youtube.com/user/2am

✖ 2AM 韓國官方推特：https://twitter.com/#!/follow2AM

✖ 趙權個人推特：http://twitter.com/#!/2AMkwon

✖ 瑟雍個人推特：http://twitter.com/#!/2AMONG/

✖ 昶旻個人推特：http://twitter.com/#!/2AMCHANGMIN

✖ 珍雲個人推特：http://twitter.com/#!/2AMjinwoon

FTISLAND(에프티 아일랜드)

人蔘姬帶你認識
FTISLAND

照片來源：達志影像

송승현

송승현
宋承炫
SEUNG HYUN Guitar and Vocal
1992/08/21
180cm 60kg/O type

이재진
李在真
JAE JIN Bass and Vocal
1991/12/17
177cm 58kg/A type

최민환
崔敏煥
MIN HWAN Drum
1992/11/11
173cm 56kg/A type

이홍기
李洪基
HONG GI Main Vocal
1990/03/02
178cm 60kg/AB type

최종훈
崔鍾訓
JONG HOON Guitar and Keyboard
1990/03/07
178cm 65kg/A type

✚ FTISLAND 的歷年代表作

♣ 電視劇作品
✖ 李洪基
　2002 年　《魔法兒童 MASURI》飾　金智勳

（매직키드 마수리 --- 김지훈）

咩機ㄎ key ㄉ 馬蘇李 --- Kim 機混

2004 年 《勇敢的女孩》飾 魚修奉 （깡순이 --- 어수봉）

剛蘇你 --- 偶蘇蹦

2004 年 《指甲邊上有餘光》飾 韓周珉

（네 손톱끝에 빛이 남아있어 --- 한주민）

餒 SO 恩偷ㄆㄍ / ㄊㄝ 皮七 那媽一搜 --- 韓珠民

2004 年 《冬日孩子》飾 斗植（겨울아이 --- 두식）

ㄎㄧㄡ五拉ㄧ --- 突系ㄎ

2009 年 《原來是美男》飾 Jeremy（미남이시네요 --- 제르미）

米娜米西餒油 --- 茄了咪

2011 年 《肌肉女孩》飾 劉智浩（머슬 걸 --- 유지호）

摸思兒 可兒 --- U 機厚

2011 年 《紀子，去首爾吧》飾 金敏河

（노리코，서울에 가다 --- 김민하）

NO 理扣，搜悟咧 卡達 --- Kim 米那

崔敏煥

2009 年 《幸福的背後》飾 韓朱浩（집으로 가는 길 --- 한주호）

機ㄅ囉 卡嫩 key 兒 --- 韓朱厚

李在真

2008 年 《無法阻擋的婚姻》飾 王四百（못말리는 결혼 --- 왕사백）

某恩馬兒利嫩 ㄎㄧㄡ囉恩 --- 王撒北ㄎ

電影作品

崔鍾訓

2011 年 《寵物情人》飾 池恩洙（너는 펫 --- 지은수）

挪嫩 pet --- 期恩素

音樂劇

李洪基

2009 年　《仲夏夜之夢》飾　拉山德（한여름 밤의 꿈 --- 라이센더）

酣油勒姆　爬咩　固姆 --- 拉一 say 恩的

* 李在真

2009 年　《驟雨》飾　東錫（소나기 --- 동석）

SO 那《一 --- 同搜ㄣ

* 韓文專輯／單曲

* 迷你專輯

2009 年 2 月　《Jump Up》

2010 年 8 月　《Beautiful Journey》

2011 年 5 月　《RETURN》

2011 年 10 月　《Memory In FTIsland》

2012 年 1 月　《GROWN-UP》

* 正規專輯

2007 年 6 月　《Cheerful Sensibility》

2007 年 12 月　《The Refreshment》

2008 年 8 月　《Colorful Sensibility》

2008 年 10 月　《Colorful Sensibility Part 2》

2009 年 7 月　《Cross & Change》

2009 年 10 月　《Repackage Album: Double Date》

* 單曲

2008 年 4 月　《2008 戀歌 F.T Island》（2008 연가　F.T Island）

油恩嘎

2009 年 10 月　《One Date》

生字輕鬆背

* 매직（magic）：魔術、魔法；奇異筆（magic pen 的略稱）

咩機ㄣ

EX：매직쇼를 보러 가요．　去看魔術秀。

咩機ㄅ秀ㄌ兒 剖了 卡油

🍀 키드（kid）：兒童、孩子

key ㄉ

kangaroo kid，是韓國用來比喻只
要一個人就什麼都不會做的兒童或
青少年的新語。

EX：부모들의 과행 보호로 인하여 캥거루 키드가 늘어나고
있습니다．

普哞ㄉ咧 垮嘿ㄥ 剖齁囉 因哈唷 Kㄥ歌路 key ㄉ嘎 ㄋ囉哪溝 以ㄊ思姆尼達

由於父母親的過度保護，使得袋鼠兒童越來越多了。

🍀 손톱：指甲

SO 恩偷ㄆ

EX：그는 손톱 밑에 때가 끼었다．　他的指甲裡藏了很多汙垢。

可嫩 SO 恩偷ㄆ 米ㄊㄝ day 嘎 ㄍ一喔ㄊ大

🍀 끝：邊緣；尖端、前端

ㄍㄊ

EX：의자 끝에 걸터앉다．　坐在椅子邊緣。

餓一家 ㄍ／ㄊㄝ 顆兒特安大

🍀 남다（原形）：留下、殘餘、剩下

那姆大

EX：통장에 돈이 얼마나 남아 있니？　存摺裡還剩下多少錢？

通醬世 頭泥 偶爾麻那 那媽 銀尼？

🍀 겨울：冬天

ㄅ一ㄡ五兒

EX：겨울이 오고 있다．　冬天近了。

ㄅ一ㄡ五哩 偶溝 以ㄊ大

집：家、家庭；房子

機ㄆ

EX：바로 집에서 먹던 그 맛이다． 這吃起來有家的味道。

趴囉 機杯搜 某ㄎ都恩 可 媽西打

가다（原形）：去

卡達

EX：어디에 가고 싶습니까？ 你想去哪兒？

偶滴せ 卡溝 西ㄆ思姆尼嘎？

길：道路、街道

key兒

EX：은행은 길 건너편에 있다． 銀行在街道對面。

恩嘿ㄥ恩 key兒 肯呢ㄆ一ㄡ捏 以ㄊ大

말리다（原形）：使停止、阻止、阻擋

馬兒利打

EX：그는 아내가 말리는 것을 뿌리치고서 이 일을 시작한 것을 후회하고 있다．

可嫩 阿內嘎 馬兒利嫩 溝思兒 不理七溝搜 宜 一ㄌ兒 席架刊 溝思兒 呼輝哈溝 以ㄊ大

他對自己不顧妻子勸阻，執意要做這件事情感到後悔。

한여름：盛夏、仲夏

酣油勒姆

EX：그는 한여름에도 스웨터를 입고 다닌다．

可嫩 酣油勒咩都 思威偷ㄌ兒 以ㄆ溝 塔您打

即便在盛夏，他仍穿著毛衣。

밤：夜晚、晚上

爬姆

EX：많은 동물들은 밤에 사냥을 한다.　很多動物在晚上狩獵。

馬嫩 同木兒得ㄌㄅ 爬咩 撒娘ㄛ兒 漢打

+ 의：的（表示所屬、所有的關係）

ㅛ

EX：우리 나라의 상품.　我國的商品。

無力 那拉ㅛ 桑瀑姆

+ 소나기：陣雨、驟雨、雷陣雨

SO 那《一

EX：소나기가 쏟아지기 시작했다.　開始下起了驟雨。

SO 那《一嘎 嗽搭機《一 席架Kㄠ大

+ 연가（戀歌）：戀歌、情歌

油恩嘎

EX：그의 드라마 겨울 연가는 일본에서 매우 인기가 있었다.

可ㅛ ㄊ拉馬 ㄅㄧㄡ五兒 油恩嘎嫩 ㄧㄥBO 捏搜 每悟 銀《一嘎 以搜ㄊ打

他的連續劇冬季戀歌在日本很受歡迎。

+ 說說唱唱學韓文

지구는 둥글어서 아무리 멀리 가도 결국 순환버스처럼 제자리로
돌아올 거야.《原來是美男》李洪基

七股嫩 突ㄥ/《了搜 阿木力 某兒利 卡都 ㄅㄧㄡ兒固ㄅ 孫歡波斯抽囉姆 茄家利囉
頭拉殿兒 個呀

地球是圓的，不管妳走多遠，最終都會像循環公車一樣回到原點。

+ 지구（地球）：地球

七股

EX：달은 지구 주위를 돈다. 月亮繞著地球轉。

　　塔ㄌㄣ 七股 廚餘ㄌ兒 頭恩打

✤ 둥글다（原形）：圓的、圓形的

突ㄥ／ㄍ兒打

EX：그녀는 그림 중앙에 둥근 해를 그려 넣었다.

　　可妞嫩 顆粒姆 儲ㄥ骯ㄝ 突ㄥ根 嘿ㄌ兒 可溜 挪喔ㄊ大

她在圖畫的中央畫了一個圓形的太陽。

✤ 아무리：不管、無論

阿木力

EX：공부를 아무리 열심히 해도 성적이 오르지 않는다.

　　恐怖ㄌ兒 阿木力 油兒西咪 嘿都 僧遮ㄍ一 喔ㄌ機 安嫩打

不管多用功讀書，成績還是不見起色。

✤ 멀리：遙遠、遠遠地

某兒利

EX：우리는 멀리서 싸움을 지켜보았다. 我們從遠處觀看那場打鬥。

　　無力嫩 某兒利搜 撒悟ㄇ兒 機ㄎ一ㄡ剖阿ㄊ大

✤ 결국（結局）：最後、最終、結果

ㄎ一ㄡ兒固ㄎ

EX：그들은 결국 이혼했다. 他們最後還是離婚了。

　　可得ㄌㄣ ㄎ一ㄡ兒固ㄎ 宜駒捏ㄊ大

✤ 순환（循環）：循環

孫歡

EX：혈액은 체내를 순환한다. 血液循環過整個身體。

　　厂一ㄡ咧跟 切內ㄌ兒 孫歡漢打

버스（bus）：公車、巴士
波斯

EX：버스를 잘못 탔다． 我搭錯公車了。
波斯ㄌ兒 掐兒某ㄊ 他ㄊ大

제자리：原點、原來的地方
茄家利

EX：제자리로 돌아가다． 回到原點。
茄家利囉 頭拉卡達

돌아오다（原形）：回來
頭拉毆打

EX：그는 일을 끝내려고 사무실로 돌아왔다．
可嫩 已ㄌ兒 亙捏溜溝 撒木西兒囉 頭拉哇ㄊ大
他回到辦公室去完成工作。

웃음을 보이며 몰래 우는 법도 매일 연습해 봤지만
伍思ㄇ兒 剖伊謬 謀兒累 五嫩 頗ㄆ都 梅易兒 油恩思呸 pwaㄊ機慢
雖然我每天都在練習能同時展露笑容又在暗地裡哭泣的方法
떨리는 목소리에 금세 들킬 것만 같아
抖兒哩嫩 謀ㄎSO理ㄝ 可姆Say 特兒key兒 肯蠻 卡踏
卻似乎總是馬上被顫抖的聲音所出賣
사랑하는 것 보단 이별 하는 게
撒朗哈嫩 狗ㄊ 剖丹 以ㄅㄧㄡ兒 哈嫩 給
離別比相愛
아마 수천 배 수만 배는 힘든데〈지독하게〉
阿媽 蘇抽恩 陪 蘇慢 陪嫩 ㄏㄧ姆ㄉㄣ day〈奇都咖給〉
彷彿艱難千倍萬倍〈狠狠愛〉

🍀 웃음：笑、微笑、笑容
伍思姆

EX：나는 그것을 보고 웃음을 참지 못했다．

哪嫩 可溝思兒 剖溝 伍思ㄇ兒 恰姆雞 某貼ㄑ大

我在看了那個之後，就止不住笑。

🍀 보이다（原形）：給…看、使看見、表現出、顯示
剖伊達

EX：신호 위반입니다．면허증을 보여 주시기 바랍니다．

新駒 魚板伊姆尼達．謬恩駒增ㄠ兒 剖唷 儲西ㄍ一 爬拉姆尼達

您違反交通號誌了。請出示您的駕照。

🍀 몰래：祕密地、偷偷地、背地裡
謀兒累

EX：그들은 몰래 결혼했다．　他們偷偷地結婚了。

可得ㄌㄣ 謀兒累 ㄎ一又囉捏ㄊ大

🍀 울다（原形）：哭泣、哭
五兒打

EX：아기가 밤새 울었다．　孩子哭了一整晚。

阿ㄍ一嘎 爬姆say 五囉ㄊ大

🍀 법（法）：方法；法度
頗ㄆ

EX：스포츠는 나의 스트레스 해소법이다．

思PO ㄘ嫩 哪세 思ㄊ咧思 嘿SO 頗嗶打

運動是我消除壓力的方法。

🍀 떨리다（原形）：發抖、顫抖、顫慄
抖兒哩打

EX : 손이 떨려서 글씨를 못 쓰겠다 .

SONY 抖兒溜搜 科兒系ㄌ兒 某ㄊ 思給ㄊ大

我無法寫字，因為我的手在顫抖。

금세 : 馬上、立刻

可姆Say

EX : 약을 먹은 효과가 금세 나타났다 .　吃了藥效果立現。

牙哥兒 某根 ㄏ一ㄡ瓜嘎 可姆Say 哪他那ㄊ大

들키다（原形）：洩漏、被發現

特兒key打

EX : 적에게 아군의 위치를 들키고 말았다 .

扯給給 阿姑捏 淤氣ㄌ兒 特兒key溝 馬拉ㄊ大

我們部隊的位置被敵人發現了。

아마 : 彷彿、似乎、也許、可能

阿媽

EX : 그는 아마 못 올 것이다 .　他也許不能來了。

可嫩 阿媽 某ㄊ 偶爾 溝西打

수천（數千）：數千

蘇抽恩

EX : 수천 명의 사람들이 운동장에 모였다 .　有數千人聚集在運動場。

蘇抽恩 謬ㄥ世 撒拉姆得哩 穩東江世 哞唷ㄊ大

배（倍）：倍、倍數

陪

EX : 물가가 배는 올랐다 .　物價上漲了一倍。

母兒嘎嘎 陪嫩 偶爾拉ㄊ大

🦋 수만（數萬）：數萬

蘇慢

EX：지진으로 인한 사망자 수가 수만 명으로 늘어났다．

奇蹟ㄋ囉　因酣　撒忙假　蘇嘎　蘇慢　謬ㄥ/ㄛ囉　ㄋ囉哪ㄊ大

因地震死亡的人數已增加至數萬人。

🦋 지독하다（至毒一）：狠、狠毒、很厲害、惡毒；形容程度非常強烈

奇都咖打

EX：그녀는 성격이 지독하기로 유명하다．　她以個性狠毒而聞名。

可妞嫩　僧ㄍ一ㄡ/ㄍ一　奇都咖ㄍ一囉　U謬ㄥ哈打

너를 다시 봐도 넌 넌 내 사랑

挪ㄌ兒　塔西　pwa都　儂　儂　餒　撒朗

無論怎麼看 妳呀 妳都是我的愛

수백번 봐도 난 난 네 사랑

蘇吡ㄅ剝恩　pwa都　難　難　你　撒朗

即便看了數百回 我啊 我還是妳的愛

하늘이 맺어준 넌 내 사랑

哈ㄋ李　咩糾準　儂　餒　撒朗

妳是上天牽好的紅線 我的愛人

니가 잠시 길을 잃은 것 뿐이야〈바래〉

你嘎　恰姆西　key ㄌ兒　宜ㄌㄣ　狗ㄊ　補泥鴨〈爬累〉

妳只是暫時迷失了方向而已〈希望〉

🦋 내：我的

餒

EX：하루 종일 내 몸에 통증이 있다．　我的身體一整天都感到疼痛。

哈鹿　崇義兒　餒　謀咩　通增伊　以ㄊ大

115

❀ 네：你的（由於「내」「네」二字的讀音難以區分，所以現在韓國人有時候為了方便，在口語中會將「네」念成「니」。）

餒（你）

EX：이 책은 네 것이지 내 것이 아니다．　這是你的書，不是我的。

已 切根 你 溝西幾 餒 溝西 阿尼打

❀ 수백（數百）：數百、上百

蘇呸ㄎ

EX：지난주에 수백명의 사람들이 해변에 있었다．

幾難主ㄝ 蘇呸ㄥ謬ㄥㄧㄝ 撒拉姆得哩 嘿ㄅㄧㄡ捏 以搜ㄊ大

上週有數百人在這海灘上。

❀ 하늘：上天；天堂；老天爺；天空

哈ㄋ兒

EX：그녀는 하늘에서 내려온 천사처럼 아름다웠다．

可妞嫩 哈ㄋ咧搜 餒溜歐恩 嗔撒抽囉姆 阿勒姆搭窩ㄊ大

她美得像是從天而降的天使。

❀ 맺다（原形）：連結、締結；綁起來

咩ㄊ大

EX：인연을 맺다．　締結姻緣。

宜妞ㄋ兒 咩ㄊ大

❀ 잠시（暫時）：暫時、一會兒。指很短暫的時間

恰姆西

EX：잠시 휴식을 취하다．　暫時休息一下。

恰姆西 ㄏㄧㄨ系哥兒 屈哈打

❀ 잃다（原形）：迷失、迷路；遺失、失去

宜兒踏

EX：나는 길을 잃었다 ． 我迷路了。

哪嫩 key ㄌ兒 宜囉ㄊ大

🍀 뿐：只、只是

補恩

EX：그것은 시간 낭비일 뿐이다 ． 那只是在浪費時間。

可溝森 吸乾 囊嗶一兒 補你打

🍀 바라다（原形）：希望、奢望、期望、盼望

爬拉打

EX：나는 네가 도와주기를 바라고 있었다 ．

哪嫩 你嘎 頭哇朱〈〈ㄧ／ㄌ兒 爬拉溝 以搜ㄊ打

我當時希望你能幫我。

말없이 술잔을 채운다

馬囉ㄆ系 蘇兒架ㄋ兒 切問打

默默地把酒杯倒滿

힘겹게 손에들며 한숨을 뱉어본다

Him〈〈ㄧㄡㄆ給 搜內ㄊ兒謬 甜素ㄇ兒 呸偷碰打

用力地舉起酒杯 嘆口氣

한잔을 마셔본다 너를 생각하며

甜家ㄋ兒 馬修碰打 挪ㄌ兒 誰應嘎咖謬

喝下那一杯時 想著妳

참고 또 참아왔던 눈물을 함께 삼킨다〈사랑 사랑 사랑〉

恰姆溝 豆 恰媽哇ㄊ都恩 奴恩木ㄌ兒 哈姆gay 薩姆key恩打〈撒朗 撒朗 撒朗〉

也一同吞下了忍耐許久的眼淚〈愛愛愛 LOVE LOVE LOVE〉

🍀 말없이：默默地、沉默地、一言不發

馬囉ㄆ系

EX：그녀는 말없이 떠나 버렸다. 她默默地離開了。

可妞嫩 馬囉ㄆ系 都娜 婆溜ㄊ大

❀ 술잔（一盞）：酒杯

蘇兒架恩

EX：그가 내 술잔을 가득 채웠다. 他把我的酒杯倒滿。

可嘎 餒 蘇兒架ㄋ兒 卡得ㄎ 切窩ㄊ打

❀ 채우다（原形）：倒、裝

切屋打

EX：제 잔 좀 채워 주세요? 可以請你幫我把我的杯子倒滿嗎?

茄 掐恩 鐘姆 切窩 儲 say 唷

❀ 힘겹다（原形）：辛苦、艱難、費力

Him ㄍㄧㄡㄆ大

EX：그것은 그녀에게 힘겨운 일이었다.

可溝森 可妞世給 Him ㄍㄧㄡ溫 宜哩喔ㄊ大

那對她而言是件很辛苦的事。

❀ 한숨：嘆氣；一口氣

酣素姆

EX：왜 한숨이야? 為什麼嘆氣?

微 酣素咪呀?

❀ 뱉다（原形）：吐、吐出

呸ㄊ大

EX：침을 뱉다. 吐口水。

氣ㄇ兒 呸ㄊ大

❀ 한잔（一盞）：一杯；喝一杯

酣家恩

EX：잠깐 한잔하고 가세. 等等，喝杯酒再走。

恰姆幹 酣家那溝 卡Say

🦋 마시다（原形）：喝

馬西打

EX：그는 거의 매일 술을 마신다. 他幾乎每天都喝酒。

可嫩 口ㄜ伊 梅易兒 蘇ㄌ兒 馬信打

🦋 삼키다（原形）：吞、吞嚥、吞下

薩姆key打

EX：한 번에 꿀꺽 삼켜라. 一口氣吞下去吧。

酣 剝捏 姑兒溝ㄎ 薩姆ㄎㄧㄡ啦

🦋 함께：一同、一起

哈姆gay

EX：가족과 함께 놀러 가다. 和家人一起出去玩。

卡周ㄎ瓜 哈姆gay 挪兒了 卡達

내 사람이 아닌가봐 우린 인연이 아닌가봐

餒 撒拉咪 阿您嘎bwa 武林 宜妞尼 阿您嘎bwa

妳好像不屬於我 我們似乎沒有緣分

이제 이별하자고 그만 헤어지자고 하면 난 어떡하니

以戒 宜ㄅㄧㄡ兒哈假溝 可慢 嘿喔積架溝 哈謬恩 難 偶都咖你

若現在就說要離別 就說要分手 我該怎麼辦

날 모르는 사람처럼 모두 없었던 일인 것처럼

哪兒 哞ㄌ嫩 撒拉姆抽囉姆 謀肚 偶ㄡ搜都恩 依林 溝ㄊ抽囉姆

就像不認識我般 就像所有的一切都沒有發生過般

다 잊어버리면 이제 난 어떡해 너만을 사랑했는데 〈나쁜 여자야〉

塔 已糾婆哩謬恩 以戒 難 偶都K 羅馬ㄋ兒 撒朗嘿恩嫩day 〈哪奔 油價呀〉

若都忘記了 現在的我該怎麼辦 我只愛著妳啊 〈壞女人〉

❧ 인연（因緣）：緣分

宜妞恩

　EX：우린 서로 인연이 깊은가 보다 .　我們之間一定有很深的緣分。

　　　武林　搜囉　宜妞尼　key 噴嘎　剖打

❧ 그만：到此為止；馬上、立刻

可慢

　EX：토론은 충분히 했으니 그만 끝냅시다 .

　　　偷囉嫩　出ㄥ不你　嘿死你　可慢　根捏普西打

　　　已經充分討論過了，那麼就此結束吧。

❧ 헤어지다（原形）：分手

嘿喔積打

　EX：그녀는 남자 친구와 헤어졌다 .　她跟她男朋友分手了。

　　　可妞嫩　南無架　沁古哇　嘿喔糾ㄥ大

❧ 어떡하다（原形）：怎麼辦、如何是好

偶都咖打

　EX：그럼 나는 어떡한다？　那麼，我該怎麼辦呢？

　　　可囉姆　哪嫩　偶都看打

❧ 모르다（原形）：不認識、不知道

哞ㄌ打

　EX：그녀는 누군지 모르는 사람이다 .　我不認識她。

　　　可妞嫩　奴棍幾　哞ㄌ嫩　撒拉咪打

❧ 잊어버리다（原形）：忘記、忘掉了（是結合잊다及버리다的複合動詞）

已糾婆哩打

　EX：그녀의 전화번호를 잊어버렸다 .　我忘了她的電話號碼。

　　　可妞世　扯ㄋㄨㄚ波諾ㄌ兒　已糾婆溜ㄥ大

✤ 나쁘다（原形）：壞的、不好的
　哪ㄅ打

　EX：그는 나쁜 짓만 골라 한다.　他總是做些壞事。
　　　可嫩　哪奔　緊蠻　口兒拉　漢打

文法小進擊

✤ **韓語的時態變化（二）：未來式**

✘ 動詞/形容詞原形去다 + 겠 + 其他句尾變化
　表示未來的事情或對一件事情的「推測」。

　EX：잠시 후면 대통령 내외분이 식장으로 입장하시겠습니다.
　　　掐姆西　呼謬恩　貼通六ㄥ　餒喂不尼　洗ㄘ將ㄡ囉　以ㄡ將哈西給ㄥ思姆尼達
　　　稍後總統伉儷即將蒞臨會場。

　EX：지금 떠나면 새벽에 도착하겠구나.
　　　起《姆　都拿謬恩　Say ㄅ一ㄡ給　頭掐咖給ㄥ姑那
　　　現在出發的話，大概凌晨會到吧。

✘ 還可以用來表示下列意義。

　1. 表示說話者的意志。
　EX：나는 시인이 되겠다.　我要成為一個詩人。
　　　哪嫩　西伊尼　推給ㄥ大

　2. 表示可能性或能力。
　EX：이걸 어떻게 혼자 다 하겠니?
　　　以哥兒　偶都K　轟架　塔　哈給恩尼？
　　　怎麼可能由一個人獨力完成這件事？

　3. 表現出委婉的態度。
　EX：들어가도 좋겠습니까?　我可以進去嗎？
　　　ㄊ囉咖都　球K思姆尼嘎？

EX：내가 말해도 되겠니？ 可以由我來說嗎？

餒嘎 麻咧都 推給恩尼？

EX：이제 그만 돌아가 주시겠어요？ 可以請您先回去嗎？

以戒 可慢 頭拉咖 儲西給搜油？

動詞 / 形容詞原形去다 ＋（으）ㄹ 것이다 ＋其他句尾變化

動詞語幹末音節為子音時接「을」，末音節為母音接「ㄹ」。

1. 單純表示未來，和겠比起來，意志的表現較為薄弱。

EX：걱정하지 마，다시는 그런 일이 없을 거야.

ㄇㄎ囧哈雞 馬，塔西嫩 可囉恩 宜哩 喔ㄆ思兒 溝呀

別擔心，不會再發生那種事了。

2. 和겠一樣表可能性或推測。

EX：그는 꼭 성공할 거에요. 他一定會成功的。

可嫩 夠ㄎ 搜ㄥ功哈兒 溝ㄝ油

FTISLAND 小逸事

FTISLAND 是韓國**知名**（유명）的花美男**流行**（유행）**搖滾**（록）樂團，

U謬ㄥ U嘿ㄥ 囉ㄎ

團員各個都是 90 **年代**（연대）的新起之秀，可說是**年輕**（젊다）樂團中

油ㄣ day 扯姆大

的**新**（새롭다）生力軍。其團名的意思是「五個**寶藏**（보물）**島**（섬）」

Say 囉ㄆ大 剖木兒 搜姆

（Five Treasure Island），指的就是希望五個團員對歌迷來說都像是寶藏

一樣**珍貴**（귀중하다）的意思。**他們**（그들）在日本的出道方式跟師弟

ㄎㄩ珠ㄥ哈打 可得兒

CNBLUE **雷同**（비슷하다），都是先以地下樂團的身份在日本活動一段

皮思他打

時間後，才於 2010 年 5 月正式在日本出道，並在首張專輯正式發片的首

週（주），就登上了公信榜專輯的冠軍，成為了史上第一位以首張專輯奪
　豬

得冠軍的**外國**（외국）**男歌手**（가수）。初出道時的 FTISLAND 曾向經
　　　　偉固ㄅ　　　　　　卡素

紀公司提出過想要開演唱會的想法，但公司**要求**（요구）他們要**募集**（모
　　　　　　　　　　　　　　　　　　幽谷　　　　　　　　某

집하다）到 10 萬名粉絲才會幫他們開，於是，FTISLAND 的團員們不但
集趴打

因此常在**後援會**（후원회）**網站**（웹사이트）上和歌迷互動、喊話，也常
　　　　　虎窩恩會　　　　威ㄆ薩一ㄊ

會走入人群（군중）中以**聚集**（모으다）人氣，**即便**（설령）是在**下雨天**
　　　　捆住ㄥ　　　　　謀ㄛ打　　　　　什兒六ㄥ

（우천），他們也會**穿著**（입다）**雨衣**（우의），**站**（서다）在**宣傳車**（선
五襯　　　　　　已ㄆ大　　　　五億　　　　搜打　　　　　　　搜恩

전차）上辛苦**叫喊**（소리치다）著。
周恩恰　　　　　SO哩七打

這樣的舉動果然**感動**（감동시키다）了**許多**（허다하다）人，成功招募到
　　　　　　卡姆凍喜 key 打　　　　駒搭哈打

超過（넘다）10 萬名以上的粉絲，而經紀公司也依約，幫他們辦了第一
　　挪姆大

場**全國**（전국）巡迴演唱會。
　　陳古ㄅ

🍀 **想認識更多的 FTISLAND，請往這裡去**

✖ FTISLAND 韓國官方網站：http://www.ftisland.com/

✖ 李洪基個人推特：https://twitter.com/#!/skullhong

✖ 崔鍾訓個人推特：http://twitter.com/#!/FtGtJH

✖ 宋承炫個人推特：http://twitter.com/#!/chungxuan

✖ 李在真個人推特：http://twitter.com/#!/saico011

✖ 崔敏煥個人推特：http://twitter.com/#!/FtDrMH1111

2PM (투피엠)

人蔘姬帶你認識

2PM

照片來源：達志影像

찬성

본명：황찬성

剖恩謬ㄥ：黃掐恩頌

本名：黃燦盛

🦋 출생：1990.2.11

出兒誰應：醜恩苦倍苦西姆ㄋㄧㄡˋ、恩 宜窩兒 西鼻麗兒

出生：1990.2.11

키 : 184cm

Key：陪ㄅㄧㄡ兒西ㄆ薩誰恩踢米偷

身高：184cm

몸무게 : 75kg

謀ㄇㄨ給：妻兒西剃 key 兒囉格雷姆

體重：75kg

학력 : 호원대학교

夯ㄋㄧㄡㄅ：駒窩恩帖哈ㄍㄧㄡˋ

學歷：湖原大學

혈액형 : B 형

ㄏㄧㄡ咧ㄅㄧ用：B ㄏㄧ用

血型：B 型

취미 : 음악감상 , 게임 , 운동

屈咪：噁媽ㄅ卡姆尚，k 義姆，溫董

興趣：音樂欣賞，打電動，運動

특기 : 태권도 , 검도

特ㄍㄧ：鐵過恩斗，肯都

專長：跆拳道，劍道

별명 : 페리 , 짱가

ㄆㄧㄡ兒謬ㄥ：呸理，醬嘎

綽號：Peli，Ganga

이상형 : 눈이 착한 사람

宜桑ㄏㄧ用：奴你 掐刊 撒拉姆

理想型：眼睛善良的人

ↂ 좋아하는 음식 : 음식은 가리지 않아요
球阿哈嫩 ㄜ姆西ㄅ：ㄜ姆西根 卡哩雞 阿那油
喜歡的食物：我不挑食

준수

본명 : 김준수
剖恩謬ㄥ Kim 醇素
本名：金埈秀

ↂ 출생 : 1988.01.15
出兒誰應：醜恩苦倍趴兒西ㄨ趴兒六恩 宜落兒 西剝義兒
出生：1988.01.15

ↂ 키 : 180CM
Key：陪ㄅ趴兒西ㄨ誰恩踢米偷
身高：180CM

ↂ 몸무게 : 68kg
謀ㄇㄨ給：U 西帕兒 key 兒囉格雷姆
體重：68kg

ↂ 학력 : 동아방송예술대학교
夯ㄋ一ㄡㄅ：同阿旁送也蘇兒帖哈ㄍㄧㄡˋ
學歷：東亞放送藝術大學

ↂ 혈액형 : A 형
ㄏㄧㄡ咧ㄅㄧ用：A ㄏㄧ用
血型：A 型

ↂ 취미 : 작곡 , 패션 , 악세서리 & 신발모으기
屈咪：搞ㄅ夠ㄅ，呸秀恩，阿克 Say 搜哩＆辛巴兒謀ㄜ/ㄍㄧ
興趣：作曲，時尚，收集飾品＆鞋子

특기 : 노래 , 글쓰기 (Write a theme)
特ㄍㄧ：NO 累，克兒思ㄍㄧ
專長：唱歌，寫作

별명 : Jun K, 팬다
ㄆㄧㄡ兒謬ㄥ：Jun K，呸恩打
綽號：Jun K, 熊貓

熊貓在韓語的外來語表記裡應為「팬더」或「판다」，「팬다」可能是官網誤植。

이상형 : 웃는게 이쁜 사람
宜桑ㄏㄧ用：聞嫩給 以奔 撒拉姆
理想型：笑容漂亮的人

좋아하는 음식 : Sour patch, 스시
球阿哈嫩 ㄜ姆西ㄎ：Sour patch，思喜
喜歡的食物：Sour patch，壽司

Sour patch 為一種包裹酸粉的甜軟糖。

우영

본명 : 장우영
剖恩謬ㄥ：強無用
本名：張祐榮

출생 : 1989 년 4 월 30 일
出兒誰應：醜恩苦倍趴兒西ㄨ苦ㄋㄧㄡ 、恩 撒窩兒 薩姆西碧兒
出生：1989 年 4 月 30 日

키 : 178CM
Key：陪ㄎ七兒西ㄨ趴兒誰恩踢米偷
身高：178CM

몸무게 : 65kg
謀ㄇㄨ給：U 西剝 key 兒囉格雷姆
體重：65kg

🦋 학력 : 호원대학교

夯ㄋㄧㄡㄎ : 齁窩恩帖哈ㄍㄧㄡ丶

學歷：湖原大學

🦋 혈액형 : B 형

ㄏㄧㄡ咧ㄎㄧ用 : B ㄏㄧ用

血型：B 型

🦋 취미 : 음악감상 , 웹서빙

屈咪 : 噁媽ㄎ姆尚，威ㄆ搜餅

興趣：音樂欣賞，上網

🦋 특기 : 춤

特ㄍㄧ : 觸姆

專長：跳舞

🦋 별명 : 부엉이

ㄆㄡㄋ兒謬ㄥ : 僕翁乙

綽號：貓頭鷹

🦋 이상형 : 마음에 꼭 드는 사람

宜桑ㄏㄧ用 : 馬ㄛ咩 夠ㄎ 特嫩 撒拉姆

理想型：我最喜歡的人

🦋 좋아하는 음식 : 이 세상 모든 음식을 사랑합니다 .

球阿哈嫩 ㄜ姆西ㄎ : 以 Say 桑 謀ㄌㄣ ㄜ姆西哥兒 撒朗哈姆尼達

喜歡的食物：我愛這世界上所有的食物。

본명 : 이준호

剖恩謬ㄥ : 已住 NO

本名：李俊昊

준호

128

🍀 출생 : 1990.01.25
出兒誰應：醜恩苦倍苦西姆ㄋㄧㄡ、 恩 宜落兒 宜西剃義兒

出生：1990.01.25

🍀 키 : 178CM
Key：陪ㄅ七兒西ㄆ趴兒誰恩踢米偷

身高：178CM

🍀 몸무게 : 67kg
謀ㄇㄨ給：U 西ㄆ棄兒 key 兒囉格雷姆

體重：67kg

🍀 학력 : 호원대학교
夯ㄋㄧㄡㄎ：齁窩恩帖哈ㄍㄧㄡ、

學歷：湖原大學

🍀 혈액형 : A 형
ㄏㄧㄡ咧ㄎㄧ用：A ㄏㄧ用

血型：A 型

🍀 취미 : 음악감상 , 춤 동영상보기 , 작곡공부 , 독서하기 ,
　　　패션잡지 보기
屈咪：噁媽ㄎ卡姆尚，觸姆 同庸桑 BO 《ㄧ，掐ㄅ夠ㄎ恐怖，偷 k 搜哈《ㄧ，
　　　呸秀恩掐ㄆ記 PO《ㄧ

興趣：音樂欣賞，看舞蹈影片，學習作曲，看書，看時尚雜誌

🍀 특기 : Beat box, 춤 , 노래
特《ㄧ：Beat box，觸姆，NO 累

專長：Beat box，跳舞，唱歌

🍀 별명 : 황제
ㄆㄧㄡ兒謬ㄥ：皇借

綽號：皇帝

✤ 이상형 : 2 세를 위해 적절한 사람

宜桑厂一用：宜 Say 为兒 魚嘿 扯丂扯爛 撒拉姆

理想型：為了孕育下一代適合的人

✤ 좋아하는 음식 : 모두 다 – 좋아함

球阿哈嫩 亡姆西丂：謀肚 塔 - 球阿哈姆

喜歡的食物：全部都喜歡

닉쿤

본명 : Nichkhun Buck Horvejkul

剖恩謬乚

本名：Nichkhun Buck Horvejkul

✤ 출생 : 1988.06.24

出兒誰應：醜恩苦倍趴兒西夂趴兒六恩 U 窩兒 宜西夂薩義兒

出生：1988.06.24

✤ 키 : 180CM

Key：陪丂趴兒西夂誰恩踢米偷

身高：180CM

✤ 몸무게 : 64kg

謀冂ㄨ給：U 西夂薩 key 兒囉格雷姆

體重：64kg

✤ 학력 : Loss Osos High School(USA)

夯ㄋ一ㄡ丂

學歷：Loss Osos High School(USA)

✤ 혈액형 : O 형

厂一ㄡ咧丂一用：O 厂一用

血型：O 型

Nichkhun 其實是位中泰的混血兒，所以對部分韓國文化所帶給他的衝擊，感到非常神奇且佩服不已。而且因為 Nichkhun 非韓國人，所以偶爾，他也會裝出聽不懂韓語的樣子，以避開責罵。

🦋 취미 : 피아노 , 운동 , 음악듣기 , 영화보기 , 사진찍기

屈咪：P 啊 NO，溫董，噁媽ㄎ特《ㄧ，油 ng 畫 BO《ㄧ，撒金雞ㄎ/《ㄧ

興趣：彈鋼琴，運動，聽音樂，看電影，拍照

🦋 특기 : 피아노 , 아크로바틱

特《ㄧ：P 啊 NO，阿克囉八替ㄎ

專長：彈鋼琴，特技表演

🦋 별명 : Khunnie Boy, Khunnio Boo, 쿤땡

ㄆㄧㄡ兒謬ㄥ：Khunnie Boy，Khunnio Boo，坤電ㄥ

綽號：Khunnie Boy, Khunnio Boo, 小坤

🦋 이상형 : 착하고 귀엽고 좋은 사람

宜桑ㄏㄧ用：掐咖溝 ㄎㄩ唷ㄆ溝 球恩 撒拉姆

理想型：善良可愛的人

🦋 좋아하는 음식 : 안 좋아하는 음식 없음

球阿哈嫩 ㄜ姆西ㄎ：安 球阿哈嫩 ㄜ姆西ㄎ 偶ㄆ思母

喜歡的食物：沒有不喜歡吃的食物

택연

본명 : 옥택연

剖恩謬ㄥ：偶ㄎ貼《ㄧㄡ恩

本名：玉澤演

🦋 출생 : 1988.12.27

出兒誰應：醜恩苦倍趴兒西ㄆ趴兒六恩 西嘩窩兒 宜西ㄆ七麗兒

出生：1988.12.27

🦋 키 : 185CM

Key：陪ㄎ趴兒西剝誰恩踢米偷

身高：185CM

🦋 몸무게 : 76kg

謀ㄇㄨ給：妻兒西ㄅㄧㄨ key 兒囉格雷姆

體重：76kg

🦋 학력 : 단국대학교

夯ㄋㄧㄡㄅ：談固ㄎ帖哈ㄍㄧㄡˋ

學歷：檀國大學

🦋 혈액형 : AB 형

ㄏㄧㄡ咧ㄅㄧ用：AB ㄏㄧ用

血型：AB 型

🦋 취미 : 음악감상 , 웨이크보드타기 , 스키타기

屈咪：噁媽ㄎ卡姆尚，圍ㄧ顆剝的他ㄍㄧ，斯 key 他ㄍㄧ

興趣：音樂欣賞，寬板划水，滑雪

🦋 특기 : 요리하기

特ㄍㄧ：有利哈ㄍㄧ

專長：做料理

🦋 별명 : 옥캣 , 짐승

ㄆㄧㄡ兒謬ㄥ：偶ㄎ cat，奇姆思ㄥ

綽號：玉 cat，野獸

🦋 이상형 : 자기일 잘 하는 사람

宜桑ㄏㄧ用：掐ㄍㄧ義兒 掐兒 哈嫩 撒拉姆

理想型：做好自己事情的人

🦋 좋아하는 음식 : 내가 싫어하는 음식 봤니 ? 없어

球阿哈嫩 ㄜ姆西ㄎ：餒嘎 西樓哈嫩 ㄜ姆西ㄎ pwan 泥？偶ㄆ搜

喜歡的食物：我討厭的食物？沒有

2PM 的歷年代表作

電視劇作品

燦盛

2006 年 《不可阻擋的 High Kick》飾 黃燦盛
(거침없이 하이킥 --- 황찬성)
擱七某ㄆ系 嗨 key ㄎ --- 黃恰恩搜ㄥ

2008 年 《Jungle Fish》飾 朴英山 (정글피쉬 --- 박영삼)
城哥兒 P 噓 --- 爬ㄍ有ㄥ薩姆

澤演

2010 年 《灰姑娘的姐姐》飾 韓廷佑 (신데렐라 언니 --- 한정우)
辛 day 蕾兒拉 偶恩膩 --- 韓正午

2011 年 《Dream High》飾 玄振國 (드림하이 --- 현진국)
ㄊ哩姆嗨 --- ㄏ一ㄡ恩金固ㄎ

祐榮

2011 年 《Dream High》飾 Jason (드림하이 --- 제이슨)
ㄊ哩姆嗨 --- 接一森

韓文單曲／專輯

迷你專輯

2008 年 8 月 29 日《Hottest Time of the Day》
2009 年 4 月 16 日《2:00PM Time For Change》
2010 年 4 月 19 日《Don't Stop Can't Stop》

正規專輯

2009 年 11 月 10 日《1:59PM》
2011 年 6 月 20 日《HANDS UP》

單曲

2010 年 10 月 11 日《Still 2:00pm》

❖ 거침없이：毫無顧忌地

謳七某ㄆ系

EX：그는 사람들 앞에서 거침없이 거짓말을 하였다 .

可嫩 撒拉姆得兒 阿呸搜 謳七某ㄆ系 口金罵ㄌ兒 哈唷ㄊ大

他毫無顧忌地在人前說謊。

❖ 하이（high）：高、高的

嗨

EX：여자가 하이힐을 신고 있다 . 那女人穿著高跟鞋。

油價嘎 嗨ㄏㄧ、ㄌ兒 辛溝 以ㄊ大

❖ 킥（kick）：踢

key ㄎ

EX：그는 킥과 패스가 매우 뛰어나다 .

可嫩 key ㄎ瓜 佩思嘎 每悟 ㄅㄩ喔那達

他在踢球跟傳球上有很高的技巧。

❖ 정글（jungle）：密林、雨林

城哥兒

EX：그들은 깊은 정글 속에 산다 . 他們住在雨林的深處。

可得ㄅㄣ key 噴 城哥兒 搜給 散打

❖ 신데렐라（Cinderella）：灰姑娘

辛 day 蕾兒拉

EX：신데렐라는 어렸을 때 냉대받았다 .

辛 day 蕾兒拉嫩 偶溜思兒 day 內ㄥ day 爬他ㄊ大

灰姑娘在年輕時遭到冷淡的對待。

❖ 언니：姊姊（女性用法）

偶恩膩

EX：그는 우리 언니의 친구입니다 .　他是我姊姊的朋友。

可嫩　無力　偶恩膩世　沁古伊姆尼達

➕ 說說唱唱學韓文 🎧

이건 귀로 듣는 피로회복제 영양제

已溝恩　ㄎㄩ囉　ㄊㄅ嫩　ㄗ囉回撥ㄎ戒　勇央戒

你聽到的就是治好你疲倦的回復劑、營養劑

파티를 터트리는 기폭제

趴踢ㄌ兒　偷ㄊ哩嫩　key 玻ㄎ戒

是點燃派對的引爆劑

밤새 흔들리는 불빛에

爬姆 Say　很得兒ㄌ嫩　僕兒必切

和整夜晃動的燈光互相輝映

딱 어울리지 내 말 맞제

大可　偶屋兒哩機　餒　馬兒　馬戒

這個只屬於我的瘋狂的夜

울려 퍼지는 음악에 맞춰〈Hands up〉

五兒六　波雞嫩　噁媽給　馬ㄊ戳

配合著四周響亮的音樂節奏〈Hands up〉

➕ 이건：이것은的縮寫，表示「這是」

已溝恩

EX：이건 뭐냐？　這是什麼？

已溝恩　摩 nya？

➕ 귀：耳朵

ㄎㄩ

EX：귀 먹었어요？　你聾了嗎？

ㄎㄩ　某溝搜油？

135

❧ 피로（疲勞）：疲勞、辛勞、勞累
P囉

EX：눈이 몹시 피로하다．　我的眼睛感到好疲勞。
奴尼 某ㄆ系 P囉哈打

❧ 회복（回復／恢復）：回復、恢復
回撥ㄅ

EX：그는 자신감을 완전히 회복했다．　他完全回復了自信。
可嫩 掐辛嘎ㄇ兒 完著你 回撥kㄥ大

❧ 영양제（營養劑）：營養劑、營養補充品
勇央戒

EX：많은 미국인들은 여전히 영양제를 복용하고 있죠．
馬嫩 迷咕《ㄧㄣ得ㄌㄣ 由著你 勇央戒ㄌ兒 剖《ㄧ用哈溝 以ㄥ就
許多美國人依然服用營養劑。

❧ 파티（party）：派對
趴踢

EX：나는 어젯밤에 댄스 파티에 갔다．　我昨晚去了舞蹈派對。
哪嫩 偶接爸咩 顛思 趴踢세 卡ㄥ大

❧ 터트리다（原形）：引爆、爆裂、破裂
偷ㄊ哩打

EX：다이너마이트를 터트리다．　引爆炸藥。
搭一挪賣衣特ㄌ兒 偷ㄊ哩打

❧ 기폭제（起爆劑）：引爆劑；或用來比喻為引發大事件的決定性因素，
key 玻ㄎ戒　　　　　　　　導火線

EX : 사소한 일처럼 보였던 그 사건이 대규모 시위의 기폭제가
되었다 .

撒 SO 酣 宜兒抽囉姆 剖哨ㄊ都恩 可 撒溝尼 鐵 Q 謀 西淤ㄝ key 玻ㄎ戒嘎
推喔ㄊ大

看似微不足道的事件成了大規模示威的導火線。

🍀 밤새 : 整夜、整晚、夜間

爬姆 Say

EX : 아기는 밤새 울었다 . 那孩子哭了整晚。

阿ㄍㄧ嫩 爬姆 say 五囉ㄊ大

🍀 흔들리다 (原形) : 搖動、搖晃、晃動

很得兒力打

EX : 폭풍우에 배가 흔들리다 . 船在暴風雨中搖晃。

剖ㄎ撲ㄥ悟ㄝ 賠嘎 很得兒力打

🍀 불빛 : 燈光、亮光

僕兒必ㄊ

EX : 어둠 속에 불빛이 보였다 . 在黑暗中看到了一絲亮光。

偶肚姆 SO 給 僕兒必七 剖哨ㄊ大

🍀 딱 : 只、剛剛好、恰好

大可

EX : 딱 한 마디만 더 할게요 . 我只再說一句話。

大可 酣 媽底饅 頭 哈兒給油

🍀 어울리다 (原形) : 適合、符合

偶屋兒哩打

EX : 이 옷은 나보다 너에게 더 어울린다 .

已 歐森 哪剖打 挪ㄝ給 頭 偶屋兒吝打

跟我比起來，這件衣服更適合你。

맞다（原形）：對、正確；合、適合；一致

馬ㄊ大

EX：네가 바로 그 학생 맞지？ 你就是那個學生對吧？

捏嘎 趴囉 可 哈克 Saying 馬ㄊ記？

울리다（原形）：響亮、響

五兒哩打

EX：북소리가 둥둥 울리다． 鼓聲咚咚作響。

撲克 SO 哩嘎 突ㄥ嘟ㄥ 五兒哩打

퍼지다（原形）：散佈、分佈、傳播

波雞打

EX：그 이야기가 말로 퍼지다． 那消息已被廣泛散佈出去了。

可 以呀ㄍㄧ嘎 馬兒囉 波雞打

맞추다（原形）：配合、使一致

馬ㄊ出打

EX：제 스케줄을 당신 스케줄에 맞추겠습니다．

且 斯 K 住ㄌ兒 唐辛 斯 K 住咧 馬ㄊ出給ㄊ思姆尼達

我的行程會配合你的。

넌 대체 어떤 약이길래 끊을 수가 없어 나도 몰래 자꾸 너를 그리워하고 결국엔 또 찾고

挪恩 貼切 偶都恩 呀ㄍㄧ / ㄍㄧ兒累 割ㄋ兒 蘇嘎 偶ㄆ搜 哪都 摩兒累 掐固 挪ㄌ兒 可哩窩哈溝 ㄎㄧㄡ兒孤給恩 豆 掐ㄊ溝

妳到底是怎樣的一種毒藥 讓我無法戒掉 總是對你念念不忘 最後又去找妳

나쁜 여자인줄 알면서 난 또 널 품에 안고 사랑을 해

哪奔 油價因珠兒 阿爾謬恩搜 難 豆 挪兒 撲咩 安溝 撒朗ㄜ兒 嘿

明知道妳是個壞女人 我還是把你抱在懷中 愛著妳

보나마나 뻔히 다가올 내일의 아픔을 다 알고 있으면서
돌아서질 못해 결정을 못 내려〈Again&Again〉

剖那馬那 崩尼 塔嘎廄兒 餃義咧 阿撲ㄇ兒 塔 阿兒溝 以思謬恩搜

頭拉搜機兒 謀ㄊ世ヽ ㄅ一ㄡ兒鄭ㄅ兒 某ㄊ 餃溜

看也不看 就清楚地知道 即將來到的痛苦 雖然都知道 但還是無法
回頭 無法下決定〈Again&Again〉

❀ 대체（大體）：到底、究竟（同「도대체」）；大致、大概

貼切

EX：대체 무슨 일인가？　到底有什麼事？

貼切 姆森 宜霖嘎？

❀ 어떤：如何；什麼

偶都恩

EX：어떤 음식을 좋아하세요？　你喜歡什麼食物？

偶都恩 ㄅ姆西哥兒 球阿哈 Say 喲？

❀ 끊다（原形）：切斷、戒除

根踏

EX：담배를 끊다.　戒煙。

塔姆輩ㄌ兒 根踏

❀ 그리워하다（原形）：想念

可哩窩哈打

EX：그녀는 고향을 그리워하고 있다.　她很想念家鄉。

可妞嫩 ㄇㄏ一ㄤ／ㄅ兒 可哩窩哈溝 以ㄊ大

❀ 품：懷抱、懷裡

撲姆

EX : 돈을 품속에 넣다 .　把錢放在懷裡。

　　　　頭ㄋ兒　撲姆 SO 給　挪踏

🍀 안다（原形）：抱住、擁抱

　　安大

　　EX : 그녀는 꽃다발을 안고 사진을 찍었다 .　她抱著花束照了張相。

　　　　可妞嫩　溝ㄊ大巴ㄌ兒　安溝　撒機ㄋ兒　機溝ㄊ大

🍀 뻔히：清楚、明白、明顯

　　崩尼

　　EX : 안 되는 줄 뻔히 알면서도 그는 계속 시도했다 .

　　　　安　推嫩　珠兒　崩尼　阿爾謬恩搜都　可嫩 K-SO ㄎ　洗都嘿ㄊ大

　　他很清楚那是不可能的，但還是持續嘗試。

🍀 다가오다（原形）：靠近、接近、來到

　　塔嘎甌打

　　EX : 겨울이 다가오고 있다 .　冬天快來了。

　　　　ㄎ一ㄡ悟哩　塔嘎甌溝　以ㄊ大

🍀 돌아서다（原形）：轉身、回頭；反目、狀態改變

　　頭拉搜打

　　EX : 누가 부르는 소리가 나자 그는 가던 길을 멈추고 뒤로

　　돌아섰다 .

　　　　奴嘎　普ㄌ嫩 SO 哩嘎　哪架　可嫩　卡都恩 key ㄌ兒　謀ㄇ出溝　ㄊㄩˊ囉

　　　　頭拉搜ㄊ大

　　因為聽見了某人叫喚的聲音，原本走在路上的他停了下來回頭看。

🍀 결정（決定）：決定

　　ㄎ一ㄡ兒鄭

EX：어떤 길을 택할 것인가 결정할 수가 없다.

偶都恩 key ㄌ兒 貼咖兒 溝辛嘎 ㄎㄧㄡ兒鄭哈兒 蘇嘎 偶ㄆ大

我無法決定要選擇哪一條路。

내리다（原形）：下達；作下

餒哩打

EX：결론을 내리다． 下結論。

ㄎㄧㄡ兒囉ㄋ兒 餒哩打

아무리 찔러도 뚫고 들어오지 못해

阿木力 機兒了都 嘟兒扣 ㄊ囉毆機 謀ㄊㄝ、

不論如何扎刺 也無法刺穿

상처를 내도 나를 절대 죽이지 못해

桑臭ㄌ兒 餒都 哪ㄌ兒 扯兒day 珠ㄍㄧ機 謀ㄊㄝ、

就算受傷 我也絕對不能死去

그래서 아무리 눈물이 고이고 고여도 절대 흘려선 안돼

可咧搜 阿木力 奴恩木哩 ㄇㄧ溝 ㄇ唷都 扯兒day ㄏ兒溜搜恩 安對

所以就算眼眶積滿淚水 也不能讓它滴落

내가 죽어가도 절대 적에게 알리면 안돼〈Don't stop can't stop〉

餒嘎 珠溝卡都 扯兒day 扯給給 阿爾哩謬恩 安對

就算我死去 也絕對不能讓敵人知道〈Don't stop can't stop〉

찌르다（原形）：扎、刺

機ㄌ打

EX：단도로 사람을 찌르다． 用匕首刺人。

談都囉 撒拉ㄇ兒 機ㄌ打

뚫다（原形）：穿

嘟兒踏

EX：탄환이 벽을 뚫다． 子彈貫穿了牆壁。

曇花泥 ㄆㄧㄡ歌兒 嘟兒踏

❧ 들어오다（原形）：進入、進來。
去囉歐打

EX：들어오세요．　請進。
去囉歐 Say 唷

❧ 그래서：因此、所以
可咧搜

EX：그래서 너는 뭐라고 했니？　所以，你說了什麼？
可咧搜 挪嫩 摩拉溝 嘿恩尼

❧ 고이다（原形）：積
口一打

EX：땅에 물이 고이다．　地上積了水。
盪世 木哩 口一打

❧ 흘리다（原形）：落下、滴落、掉落、遺落
厂兒哩打

EX：지갑을 어디다 흘린 것 같다．
機嘎勺兒 偶滴答 厂兒林 溝去 卡去大

我好像把我的錢包遺落在某處了。

❧ 적（敵）：敵人
扯ㄅ

EX：그녀는 회사 내에 적이 많다．　她在公司裡有很多敵人。
可妞嫩 揮灑 內世 扯巜一 蠻踏

그래 돌아서 줄게 멋지게 남자답게 놓아 줄게
可咧 頭拉搜 珠兒gay 某去機gay 南無價搭ㄡgay NO 啊 珠兒gay
好 我會轉過身去 帥氣地 有男子氣概地放妳走

그리고 널 귀찮게 하지 않게 말없이 저 뒤에서

可哩溝 挪兒 ㄎㄩ掐恩K 哈機 安K 馬囉ㄆ系 扯ㄊㄩˊㄝ搜

並且不會去打擾妳 而是無言地在後方

죽은 듯이 서서 바라볼게 너는 모르게 그냥 멀리서

珠根 ㄉ西 搜搜 爬拉剖兒 gay 挪嫩 謀ㄅ gay 可釀 某兒哩搜

死寂般地站著看妳 妳卻毫不知曉地 只是越走越遠

아주 많이 떨어져서 나의 존재를 네가 완전히 잊어버리게 UH~
〈I'll be back〉

阿珠 馬尼 都囉糾搜 哪ㄝ 愁恩J ㄌ兒 尼嘎 完著你 以糾婆哩 gay UH~

離得越來越遠 完全忘記我的存在〈I'll be back〉

🍀 그래:好、好吧

可咧

　EX：그래, 그렇게 하게. 好,就這麼做吧。

　　　　可咧,可了K 哈給

🍀 멋지다（原形）:帥氣

某ㄥ機打

　EX：그는 멋진 차를 몰고 다닌다. 他開著一輛很帥氣的車。

　　　　可嫩 某ㄥ金 掐ㄌ兒 某兒溝 塔您打

🍀 놓다（原形）:放開、放下;讓…走

NO 踏

　EX：이 책을 손에서 놓을 수가 없다. 我無法放下這本書。

　　　　已 切割兒 SO 捏搜 NO ㄜ兒 蘇嘎 偶ㄆ大

🍀 그리고:並且;和;還有

可哩溝

EX：소식하세요 . 그리고 운동을 좀 더 하세요 .

　　SO 西咖 Say 唷。可哩溝 溫董乞兒 鐘姆 頭 哈 Say 唷

　　試著少吃些。並且要多做點運動。

🦋 귀찮다（原形）：煩擾、打擾

ㄅㄩ掐恩踏

EX：남자가 자꾸 귀찮게 해 . 男人一直在打擾我。

　　南無價嘎 掐固 ㄅㄩ掐恩 K 嘿

🦋 뒤：後面、後方、後頭

ㄊㄩˊ

EX：우리 집 뒤에는 채소밭이 있다 . 我家後頭有座菜園。

　　無力 機ㄆ ㄊㄩˊ 世嫩 切 SO 八七 以ㄊ大

🦋 듯이：像⋯一樣、如⋯般

ㄅ西

EX：여름밤의 벌레가 불 속으로 날아들 듯이 .

　　油勒姆爬咩 婆兒累嘎 撲兒 SO 割囉 哪拉特兒 ㄅ西

　　如夏夜的飛蛾撲向燈火般。

🦋 서다（原形）：站著；停止

搜打

EX：우리는 서서 경기를 관람했다 . 我們站著看比賽。

　　無力嫩 搜搜 ㄎㄧ用ㄍㄧ ˋ ㄌ兒 誇兒拉咩ㄊ大

🦋 바라보다（原形）：看著、凝視

爬拉剖打

EX：그는 고개를 들어 그녀를 바라보았다 . 他抬起頭看她。

　　可嫩 口 gay ㄌ兒 ㄊ囉 可妞ㄌ兒 爬拉剖阿ㄊ大

🦋 그냥：只是

可釀

　EX：우리는 그냥 친구 사이다． 我們只是朋友。

　　　無力嫩 可釀 沁古 撒一打

🦋 아주：完全地；非常

阿珠

　EX：아주 못쓰게 되었다． 變得完全無法使用。

　　　阿珠 某ㄥ思給 推喔ㄥ大

🦋 존재（存在）：存在

愁恩J

　EX：그는 존재 가치가 없는 인간이다． 他是個沒有存在價值的人。

　　　可嫩 愁恩J 卡器嘎 歐姆嫩 銀嘎尼打

🦋 완전（完全）：完全；完美

完著恩

　EX：이 파일을 완전복구하기는 어려울 것 같다．

　　　以 趴伊ㄌ兒 完著恩剖ㄥ固哈巜一嫩 偶溜屋兒 溝ㄥ 卡ㄥ大

　　要完全修復這個檔案是有困難的。

文法小進擊

🦋 疑問句

✖ 格式體－尊待疑問句

・動詞 / 形容詞原形去다 ＋子音結尾用「습니까」

　　　　　　　　母音結尾用「－ㅂ니까」

　EX：재미있다 → 재미있 + 습니까 → 재미있습니까

　　　오다 → 오 + ㅂ니까 → 옵니까

✻ 非格式體－尊待疑問句

動詞 / 形容詞語幹為陽性母音＋ 아요

動詞 / 形容詞語幹為陰性母音＋ 어요

하다動詞 / 形容詞＋ 여요 ＝ 해요

例：가다 → 가 + 아요 → 가아요 → 가요

　　보다 → 보 + 아요 → 보아요 → 봐요

　　먹다 → 먹 + 어요 → 먹어요

　　배우다 → 배우 + 어요 → 배우어요 → 배워요

　　마시다 → 마시 + 어요 → 마시어요 → 마셔요

　　쓰다 → 쓰 + 어요 → 쓰어요 → 써요

　　공부하다 → 공부하 + 여요 → 공부해요

形態與敘述句完全相同，只是語尾音調要上揚。

✿ 句型

✻ 動詞 / 形容詞原形去다 + （으）면 + 句子

動詞語幹末音節為子音時用「으면」，末音節為母音及「ㄹ」用「면」，多用以表假設語氣，常譯為「如果、假如、要是」等。詳細意義如下：

1. 對不確定或尚未發生的事情做出假設。

EX：차가 고장이 나면 저희 정비소로 연락해 주십시오 .

　　掐嘎 口將伊 哪謬恩 扯厂－ 城逼 SO 囉 油兒拉 K 儲系譜系喔

　　如果車子發生故障請與我們修車廠聯絡。

2. 指一件一般性事實的發生條件。

EX：봄이 오면 꽃이 핀다 .　春天來了，花就會開。

　　剖咪 偶謬恩 溝七 聘打

3. 假定一件與現實不符的事，帶有一點惋惜的意味。

EX：눈이 오면 좋을 텐데 .　要是能下雪就好了。

　　奴尼 偶謬恩 醜ㄜ儿 TEN-DAY

4. 指出能使後方事實發生的條件，或一件重覆發生的事情的條件。接近「只要…就…」。

EX：그녀는 눈만 뜨면 책을 읽는다． 她只要一睜開眼睛就看書。

可妞嫩 奴恩蠻 夕謬恩 切割兒 贏嫩打

2PM 與 2AM 可說是**兄弟**（형제）團，當兩團一起活動時就稱為 one

ㄏㄧ一用ㄐ

day。但是與 2AM 所走的**優美**（우미）合聲風不同，2PM 可說是顛覆了

嗚咪

一般（일반）男團偶像所走的**俊美**（핸섬）、可愛風，在他們的表演中，

一二班　　　　　　　　　　　嘿恩搜姆

同時包含了**野性**（야성）與**性感**（섹시）的一面，不僅肢體表現**狂野**（와

牙搜ㄥ　　　　　誰克西　　　　　　　　　　　挖

일드），眼神也強勢、**凌厲**（날카롭다），所以又被稱為「野獸偶像」。

一耳得　　　　　哪兒咖囉ㄆ大

其中又以澤演所表演的「撕澤演」（在〈Heartbeat〉這首歌的**結尾**（결미）

ㄎㄧㄡ兒覓

時，澤演突地猛力**跪下**（무릎을 꿇다），並**撕破**（찢다）自己的襯衫）

姆了ㄅ兒 姑兒踏　　　　　　積ㄊ大

更是**風靡**（풍미）了一票女星。

噗ㄥ蜜

2PM 在結成初始本有 7 位成員，後因當時的隊長宰範在出道前曾於網路

上發表對韓國的**負面**（부정）言論，而受到**攻擊**（공격）。在事件演變成

僕鄭　　　　　　　空ㄍㄧㄡㄎ

不可收拾之際，宰範決定退團以示**負責**（책임을 지다）。之後，便形成

切ㄍㄧ/ㄇ兒 機打

了 2PM 現今的六人組合形式。

一天（하루）中最**熱**（덥다）的時候就是**下午**（오후）兩點了，而這也是

哈鹿　　　頭ㄆ大　　　　　歐護

2PM 的團名中所**蘊含**（포함）的意義。因此，2PM 的粉絲俱樂部便稱為

PO 哈姆

Hottest，意指 2PM 粉絲們的熱情，也會像一天中最熱的時候般火熱。

✿ 想認識更多的 2PM，請往這裡去

✿ 2PM 韓國官方網站：http://2pm.jype.com/hands_up/main/main.asp

✿ 2PM 官方推特：http://twitter.com/#!/follow_2PM

✿ 燦盛個人推特：http://twitter.com/#!/2PMagreement211

✿ 埈秀個人推特：http://twitter.com/#!/Jun2daKAY

✿ 俊昊個人推特：http://twitter.com/#!/dlwnsghek

✿ Nichkhun 個人推特：http://twitter.com/#!/Khunnie0624

✿ 澤演個人推特：http://twitter.com/#!/taeccool

✿ 祐榮個人推特：http://twitter.com/#!/0430yes

少女時代（소녀시대）

人蔘姬帶你認識
少女時代

照片來源：達志影像

수영

秀英／수영／ Soo Young

🦋 생일 : 1990 년 02 월 10 일 (양력)

誰應易耳：醜恩苦倍苦西姆ㄋㄧㄡˋ 恩 宜窩兒 西嗶兒（陽ㄋㄧㄡˋ/ㄎ）

生日：1990 年 02 月 10 日（陽曆）

❧ 첫 방송일 : 2007 년 08 월 05 일

扯ㄥ 旁送易耳：宜醜恩七兒六恩 趴羅兒 偶義兒

初次登台：2007 年 08 月 05 日

❧ 데뷔앨범 (작품) : 다시 만난 세계

鐵ㄅㄩA 兒伯ㄇ（掐ㄅ噗姆）：塔西 蠻難 Say 給

出道專輯（作品）：閃亮新世界

❧ 활동그룹 : 소녀시대

花兒東《路ㄨ：SO 妞西 day

活動團體：少女時代

孝淵／효연／ Hyo Yeon
❧   생일 : 1989 년 09 월 22 일 (양력)

誰應易耳：醜恩苦倍趴兒西ㄨ苦ㄋㄧㄡ、恩 苦窩兒 宜西嗶義兒（陽
ㄋㄧㄡ、/ㄎ）

生日：1989 年 09 月 22 日（陽曆）

潤娥／윤아／ YoonA
❧   생일 : 1990 년 05 월 30 일 (양력)

誰應易耳：醜恩苦倍苦西姆ㄋㄧㄡ、恩 偶窩兒 薩姆西碧兒（陽ㄋㄧ
ㄡ、/ㄎ）

生日：1990 年 05 月 30 日（陽曆）

潔西卡／제시카／ Jessica
❧   생일 : 1989 년 04 월 18 일 (양력)

誰應易耳：醜恩苦倍趴兒西ㄨ苦ㄋㄧㄡ、恩 撒窩兒 西ㄨ趴麗兒（陽
ㄋㄧㄡ、/ㄎ）

生日：1989 年 04 月 18 日（陽曆）

蒂芬妮／티파니／Tiffany

🌼 생일：1989 년 08 월 01 일（양력）

誰應易耳：醜恩苦倍趴兒西ㄨ苦ㄋㄧㄡ、恩 趴羅兒 伊麗兒（陽ㄋㄧㄡ、/ㄎ）

生日：1989 年 08 月 01 日（陽曆）

🌼 활동그룹：소녀시대 , 소녀시대 – 태티서

花兒東ㄍ路ㄆ：SO 妞西 day，SO 妞西 day - 貼踢搜

活動團體：少女時代，少女時代─太蒂徐

太妍／태연／Tae Yeon

🌼 생일：1989 년 03 월 09 일（양력）

誰應易耳：醜恩苦倍趴兒西ㄨ苦ㄋㄧㄡ、恩 撒摸兒 苦義兒（陽ㄋㄧㄡ、/ㄎ）

生日：1989 年 03 月 09 日（陽曆）

🌼 활동그룹：소녀시대 , 소녀시대 – 태티서

花兒東ㄍ路ㄆ：SO 妞西 day，SO 妞西 day - 貼踢搜

活動團體：少女時代，少女時代─太蒂徐

珊妮／써니／Sunny

🌼 생일：1989 년 05 월 15 일（양력）

誰應易耳：醜恩苦倍趴兒西ㄨ苦ㄋㄧㄡ、恩 偶窩兒 西剝義兒（陽ㄋㄧㄡ、/ㄎ）

生日：1989 年 05 月 15 日（陽曆）

徐玄／서현／Seo Hyun

🌼 생일：1991 년 06 월 28 일（양력）

誰應易耳：醜恩苦倍ㄎ苦西嘩兒六恩 U 窩兒 以西ㄨ趴麗兒（陽ㄋㄧㄡ、/ㄎ）

生日：1991 年 06 月 28 日（陽曆）

활동그룹：소녀시대，소녀시대 – 태티서

花兒東ㄍ路ㄆ：SO 妞西 day，SO 妞西 day - 貼踢搜

活動團體：少女時代，少女時代—太蒂徐

俞利／유리／ Yuri

생일：1989 년 12 월 05 일 (양력)

誰應易耳：醜恩苦倍趴兒西ㄆ苦ㄋㄧㄡ、恩 西嗶窩兒 偶義兒（陽ㄋㄧㄡ ˋ/ㄎ）

生日：1989 年 12 月 05 日（陽曆）

生字輕鬆背

양력（陽曆）：陽曆

陽ㄋㄧㄡ ˋ/ㄎ

EX：한국인들은 양력과 음력을 모두 사용한다 .

酣固ㄍㄧㄣ的ㄌㄣ 陽ㄋㄧㄡ ˋ/ㄎ瓜 嗯姆妞歌兒 謀度 撒用漢打

韓國人同時使用陽曆與陰曆。

첫：首次、初次、第一次（接於部分名詞前）

扯ㄊ

EX：첫 키스는 언제 했어요？ 你的初吻在什麼時候？

扯ㄊ key 思嫩 偶恩借 嘿搜油？

작품（作品）：作品

掐ㄎ噗姆

EX：작품에 손대지 마시오． 請勿以手觸碰作品。

掐ㄎ噗咩 SO 恩 day 機 馬西偶

만나다（原形）：碰見、遇上

蠻那打

EX：무서운 일을 만나다 .　遇上了可怕的事情。

　　姆搜溫 宜ㄉ兒 蠻那打

❖ 세계（世界）：世界

Say 給

EX：세계 평화를 기원하다 .　祈願世界和平。

　　Say 給 ㄆㄧ用花ㄌ兒 key 窩那打

❖ 그룹（group）：團體

〈〈路ㄆ

EX：이 그룹은 10 명의 회원으로 구성된다 .

　　以 〈〈路奔 油兒謬ㄥ/ㄝ 輝窩ㄋ囉 苦搜ㄥ隊恩打

　　這團體是由 10 名會員所組成的。

❖ 시대（時代）：時代

西 day

EX：시대가 변했다 .　時代已經改變了。

　　西 day 嘎 ㄆㄧㄡ捏ㄊ大

❖ 少女時代的歷年代表作

❖ 電視劇作品

✖ 潔西卡

2012 年　《暴力羅曼史》飾　姜鐘熙　（난폭한 로맨스 ─── 강종희）

　　　　　　　　　　　　　難 PO 刊 囉 MAN 死 --- 康鐘ㄏ一

✖ 俞利

2007 年　《無法阻擋的婚姻》飾　權俞利

　　　　　（못말리는 결혼 ─── 권유리）

　　　　某恩馬兒利嫩 ㄎㄧㄡ囉恩 --- 擴恩 U 哩

2012 年　《時尚王》飾　崔安娜　(패션왕 --- 최안나)

呸秀恩王 --- 崔安娜

秀英

2007 年　《無法阻擋的婚姻》飾　崔秀英

(못말리는 결혼 --- 최수영)

某恩馬兒利嫩 ㄎㄧㄡ囉恩 --- 崔蘇勇

2012 年　《第三醫院》飾　李意珍　(제 3 병원 --- 이의진)

茄薩姆ㄅㄧ用沃恩 --- 已ㄜ伊金

潤娥

장새벽此角色名也被譯為「世碧」，晨曦是意譯，世碧則為半音譯。

2007 年　《9 局下半 2 出局》飾　辛珠英

(9 회말 2 아웃 --- 신주영)

苦回罵兒 禿阿嗚ㄊ --- 辛珠勇

2008 年　《你是我的命運》飾　張晨曦和金晨曦

(너는 내 운명 --- 장새벽、김새벽)

挪嫩 餒 穩謬ㄥ --- 強 Say ㄅㄧㄡㄎ、Kim Say ㄅㄧㄡㄎ

2008 年　《絕世女警朴真金》飾　敏愛

(천하일색 박정금 --- 미애)

嗔哈宜兒 Say ㄎ 趴ㄎ鄭哥姆 --- 咪 A

2009 年　《男版灰姑娘》飾　徐幼珍　(신데렐라 맨 --- 서유진)

辛 day 蕾兒拉 MAN --- 搜 U 緊

2012 年　《愛情雨》飾　金允熙和鄭夏娜

(사랑비 --- 김윤희、정하나)

撒朗必 --- Kim UN ㄏㄧ 、、城哈娜

音樂劇作品

太妍

2010 年　《太陽之歌》飾　雨音薰　(태양의 노래 --- 카오루)

貼陽ㄝ NO 累 --- 咖喔魯

✄ 潔西卡

2009 年　《金髮尤物》飾　艾兒　　（금발이 너무해 --- 엘 우즈）

可姆八哩　挪木嘿 --- A兒 屋子

✄ 珊妮

2012 年　《Catch Me If You Can》飾　布蓮達

（캐치 미 이프 유 캔 --- 브랜다）

K七 咪 以攵 U KEN --- 攵咧恩打

✄ 蒂芬妮

2011 年　《Fame 名揚四海》飾　Carmen Diaz

（페임 --- 카르멘 디아즈）

呸義姆 --- 咖了 MAN 滴阿茲

✿ 韓文專輯／單曲

✄ 迷你專輯

2009 年 1 月《Gee》

2009 年 6 月《Genie》（소원을 말해봐）

SO 窩呢兒　馬咧 bwa

2010 年 10 月《Hoot》（훗）

呼ㄊ

✄ 正規專輯

2007 年 11 月《少女時代》（소녀시대）

SO 妞西 day

2010 年 1 月《Oh!》

2011 年 10 月《The Boys》

✄ 單曲

2007 年 8 月《Into The New World》（다시 만난 세계）

塔西　蠻難 Say 給

✄ 數位單曲

2007 年 9 月〈Into The New World〉（다시 만난 세계 Remix）

塔西　蠻難 Say 給

2008年3月〈Kissing You (Rhythmer Remix Vol.1)〉

生字輕鬆背

난폭（亂暴）：暴力、粗暴

難 PO ㄎ

EX：그는 술만 마시면 난폭해진다． 他喝了酒後就會變得粗暴。

可嫩 蘇兒蠻 馬西謬恩 難 PO/K 進打

로맨스（romance）：羅曼史

囉 MAN 死

EX：그들의 로맨스는 모르는 사람이 없을 정도로 유명했다．

可得咧 囉 MAN 死嫩 謀ㄌ嫩 撒拉咪 偶ㄆ思兒 城都囉 U 謬ㄥ嘿大

他們的羅曼史幾乎無人不知無人不曉。

못：不能、無法

某ㄊ

EX：그 여자를 못 잊다． 無法忘記那個女人。

可 油價ㄌ兒 某ㄊ 以ㄊ大

왕（王）：王、國王

王

EX：사자는 백수의 왕이다． 獅子是百獸之王。

撒甲嫩 陪ㄎ素ㄝ 王一打

아웃（out）：出局

阿嗚ㄊ

EX：그는 내야 땅볼로 아웃되었다．他因內野滾地球而出局。

可嫩 內呀 盪 BO 兒囉 阿嗚ㄊ推喔ㄊ大

🍀 운명（運命）：命運
穩謬ㄥ

EX：우리가 이렇게 만난 것은 운명이다.
無力嘎 以囉 K 蠻難 口森 穩謬ㄥ一打
是命運，讓我們這樣相遇。

🍀 천하일색（天下一色）：絕世佳人、絕代美女
嗔哈宜兒 Say ㄎ

EX：천하 일색 양귀비.　絕世佳人楊貴妃。
嗔哈 宜兒 Say ㄎ 楊ㄍㄩ嗶

🍀 태양（太陽）：太陽
貼陽

EX：태양은 태양계에서 큰 별이다.
貼陽恩 貼陽給ㄝ搜 ㄎㄣ ㄆㄧㄡ哩打
太陽是太陽系中一顆很大的星星。

🍀 금발（金髮）：金髮
可姆八兒

EX：그녀는 금발이에요.　她有一頭金髮。
可妞嫩 可姆八哩ㄝ油

🍀 說說唱唱學韓文 🎧

너무 반짝 반짝 눈이 부셔 No No No No No
挪木 盤架ㄎ 盤架ㄎ 奴尼 噗修 No No No No No
非常閃閃發光的他 No No No No No
너무 깜짝 깜짝 놀란 나는 Oh Oh Oh Oh Oh
挪木 嘎姆架ㄎ 嘎姆架ㄎ NO 兒藍 哪嫩 Oh Oh Oh Oh Oh
非常大吃一驚的我 Oh Oh Oh Oh Oh

157

너무 짜릿 짜릿 몸이 떨려 Gee Gee Gee Gee Gee

挪木 家裡ㄙ 家裡ㄙ 謀咪 得兒溜 Gee Gee Gee Gee Gee

刺激的感覺 令人全身顫抖 Gee Gee Gee Gee Gee

Oh 젖은 눈빛 Oh Yeah Oh 좋은 향기 Oh Yeah Yeah Yeah 〈Gee〉

Oh 扯知恩 奴恩必ㄙ Oh Yeah Oh 醜恩 ㄏㄧ大/ㄍㄧ Oh Yeah Yeah Yeah

Oh 溼潤的眼神 Oh Yeah Oh 美好的香味 Oh Yeah Yeah Yeah 〈Gee〉

반짝：閃閃發光、閃亮、閃耀的樣子

盤架ㄎ

EX：어둠 속에서 불빛이 반짝 빛났다.

偶肚姆 SO 給搜 僕兒必七 盤架ㄎ 貧那ㄙ大

燈火在黑暗中閃閃發光。

향기（香氣）：香氣、香味

ㄏㄧ大/ㄍㄧ

EX：이 꽃은 향기가 좋다.　這花的香氣很香。

以 溝ㄘㄣ ㄏㄧ大/ㄍㄧ嘎 醜踏

눈을 감고 너의 입술에 키스를 하면

奴ㄋ兒 卡姆溝 挪世 已ㄆ蘇咧 key 思ㄌ兒 哈謬恩

當我閉上雙眼 親吻你的嘴唇

내 볼은 핑크빛 물이 들어도

餒 PO ㄌㄣ 乒顆必ㄙ 木哩 ㄊ囉都

雖然我的臉頰才微微泛起粉紅色光芒

내 마음은 이미 넘어가고 내 가슴엔 두근두근 심장소리 들리죠
〈Kissing You〉

餒 馬ㄜ悶 乙醚 那麼嘎溝 餒 卡思 MAN 禿根嘟根 辛姆醬 SO 理 ㄊ兒哩救

我的心意卻早已經向著你 你聽見我胸中撲通撲通的心跳聲了嗎
〈Kissing You〉

🍀 감다（原形）：閉上眼

卡姆大

EX：나는 본능적으로 눈을 감았다． 我本能地閉上眼。

哪嫩 剖恩能著個囉 奴ㄋ兒 卡媽ㄑ大

🍀 볼：臉頰

PO兒

EX：그녀의 볼이 볼그스레해졌다． 她的臉頰微微泛紅。

可妞世 PO哩 PO兒ㄍ思咧嘿糾ㄑ大

🍀 핑크（pink）：粉紅色、粉紅

乒顆

EX：핑크색은 빨간색과 흰색이 결합된 것이다．

乒顆 Say 根 八兒乾 Say ㄎ瓜 ㄏㄧㄣ Say ㄍㄧ ㄎㄧㄡ拉普堆恩 顆西打

粉紅色是由紅色與白色混合而成的。

날 아직 어리다고 말하던 얄미운 욕심쟁이가

哪兒 阿機ㄎ 偶哩打溝 麻拉都恩 呀兒咪溫 有ㄎ心姆接ㄥ椅嘎

說我還小的可惡貪心鬼

오늘은 웬일인지 사랑해 하며 키스해 주었네

偶呢ㄌㄣ 薇恩溺林幾 撒朗嘿 哈謬 key 思嘿 儲喔恩ㄋㄟ

今天卻不知為何溺愛地給我一個吻

얼굴은 빨개지고 놀란 눈은 커다래지고

偶爾固ㄌㄣ 八兒給機溝 NO兒藍 奴嫩 柯達咧機溝

我的臉紅了 驚訝地睜大眼

떨리는 내 입술은 파란 빛깔 파도같아

都兒哩嫩 餒 已ㄡ蘇ㄌㄣ 趴藍 批ㄑ尬兒 趴都咖踏

我顫抖的嘴唇彷彿蔚藍色的波浪

너무 놀라버린 나는 아무 말도 하지 못하고 〈소녀시대〉

挪木 NO兒拉婆林 哪嫩 阿木 馬兒都 哈機 某他溝〈SO 妞西 day〉

非常驚訝的我 什麼都說不出口〈少女時代〉

어리다（原形）：年輕、年紀小、幼小、幼稚

偶哩打

EX：그녀는 나이보다 어려 보인다． 她看起來比實際年紀年輕。

可妞嫩 哪義 BO 打 偶溜 PO 印打

얄밉다（原形）：可惡的、討厭的

呀兒咪ㄆ大

EX：얄미운 사람． 可惡的人。

呀兒咪溫 撒拉姆

욕심쟁이：貪心鬼、貪心的人

有ㄎ心姆接ㄥ椅

EX：그녀는 욕심쟁이이다． 她是個貪心鬼。

可妞嫩 有ㄎ心姆接ㄥ椅一打

웬일：什麼事、怎麼回事，表示意外

薇恩溺兒

EX：지각 한 번 없던 그가 결석을 하다니，웬일일까？

奇嘎ㄎ 酣 剝恩 偶ㄆ都恩 可嘎 ㄎ一ㄡ兒搜哥兒 哈打你，薇恩溺哩兒嘎？

一次都不曾遲到過的他竟然缺席，是發生什麼事了？

얼굴：臉

偶爾固兒

EX：그녀는 얼굴이 예쁘다． 她的臉很漂亮。

可妞嫩 偶爾固哩 也ㄅ打

🍀 놀라다（原形）：驚訝

NO 兒拉打

EX：우리는 그 소식에 매우 놀랐다. 我們對那個消息感到非常驚訝。

無力嫩 可 SO 西給 梅悟 NO 兒拉ㄥ大

🍀 커다래지다（原形）：變大

柯達咧機打

EX：깜짝 놀라 눈이 커다래지다.

嘎姆架ㄎ NO 兒拉 奴尼 柯達咧機打

嚇了一跳，眼睛一下就睜大了起來。

🍀 파랗다（原形）：藍色的、青色的、綠色的

趴拉踏

EX：바닷물이 파랗다. 海水很藍。

趴擔木哩 趴拉踏

🍀 빛깔：色、顏色、色彩

批ㄥ尬兒

EX：빛깔이 산뜻하지 못하다. 這色彩並不鮮豔。

批ㄥ尬哩 三ㄅ他機 某他打

🍀 파도（波濤）：波浪、波濤

趴都

EX：파도가 그리 높지 않다. 這波浪沒那麼大。

趴都嘎 顆粒 NO ㄆ機 安踏

🍀 아무：（接於名詞前）任何、什麼

阿木

EX：아무 때나 와도 좋다. 什麼時候來都行。

阿木 day 那 哇都 醜踏

文法小進擊

基本助詞（二）

만：表示將某項特定的人事物從其他的東西中區分出來，有「限定」的意思，也帶有強調之意，一般翻譯為「只」。

EX：이것만은 알고 가．至少知道了這件事情再走。

以溝恩馬嫩 阿爾溝 卡

※ 還有以下兩種意義。

1. 話者期待的最小限度。

EX：열 장의 복권 중에서 하나만 당첨되어도 바랄 것이 없다．

油兒 將せ 破ㄎ過恩 儲ㄥせ搜 哈那蠻 唐抽姆推喔都 爬拉兒 溝西 偶ㄆ大

十張彩券裡只要有一張能中獎就滿足了。

2.（常與－어도、－으면連用）某件事情或狀態實現的條件。

EX：너무 피곤해서 눈만 감아도 잠이 올 것 같다．

挪木 批摳捏搜 奴恩蠻 卡馬都 掐咪 偶爾 溝ㄊ 卡ㄊ大

因為太累了，好像只要一閉上眼睛就會睡著。

부터：表示空間或時間的起點，前接名詞，常和「까지」連用，中文常譯為「從、由、自」。

EX：어느 순간부터 거짓인걸 알아．從某個瞬間起已經成了謊言。

偶ㄋ 孫乾普透 口激辛溝兒 阿拉

까지：表示空間或時間的終點，前接名詞，用於此意義時常和「부터」連用，中文常譯為「到」。

EX：끝까지 경계해야 해．到最後都應該保持警戒。

ㄍㄊ嘎幾 ㄎ一用給嘿呀 嘿

※ 還有以下兩種意義。

1. 表示在已經包含某些人事物的狀況下，在那之外還…的意義，可譯為

「連…」。

　　EX：너까지도 나를 못 믿겠니？　連你都不相信我嗎？

　　　　挪嘎幾都 哪了兒 某ㄊ 米ㄊ給恩你？

　　EX：송편이 맛뿐만 아니라 모양까지 좋구나．

　　　　松ㄆㄧㄡ尼 馬ㄊ不恩滿 阿尼拉 某樣嘎幾 醜咕那

　　　　松片不僅味道好，連樣子也好看。

송편或譯為「松餅」，是韓國人在他們稱之為「秋夕（추석）」的中秋節時吃的韓國傳統食物。

2. 表現出一種「極端的狀況」。

　　EX：아이가 모형 비행기를 저렇게까지 좋아할 줄은 몰랐어．

　　　　阿一嘎 某厂ㄧ用 皮嘿ㄥㄍㄧ为兒 扯囉 K 嘎幾 醜阿哈兒 朱为ㄅ 摩兒拉搜

　　　　我不知道小孩子會那麼喜歡模型飛機。

✻　에서：表示「動作發生的地點、場所、位置」，故後方只接動態動詞，
　　　　　不與表示靜態或存在的詞語連用，多譯為「在」。也表示「時
　　　　　間或空間的出發點」，後多接有方向性的動詞，多譯為「從」。

　　EX：우리는 아침에 도서관에서 만나기로 하였다．

　　　　無力嫩 阿七咩 頭搜瓜捏搜 蠻那ㄍㄧ囉 哈唷ㄊ大

　　　　我們約好早上在圖書館見面。

　　EX：서울에서 몇 시에 출발할 예정이냐？

　　　　搜悟咧搜 謬ㄊ 西世 出兒八拉兒 也鄭伊 nya

　　　　你預定幾點要從首爾出發呢？

少女時代小逸事

少女時代又**簡稱**（약칭）「少時」或「SNSD」，她們在 2007 年出道，但
亞ㄅ慶

卻是於 2009 年推出《Gee》之後，才**造成**（조성하다）轟動，一躍而成
愁搜ㄥ哈打

為家喻戶曉的大**明星**（스타），**不只**（－뿐만 아니라）韓國，甚至**風靡**（풍
思他　　　　　　　　不恩滿 阿尼辣　　　　　　　　噗ㄥ

미）整個亞洲與**歐美**（구미）。
蜜　　　　　　　哭咪

SNSD 是少女時代韓語「소녀시대」
的讀音羅馬拼音化為 So Nyeo Si
Dae 之後每個字的首字母。

少女時代的團名有著「少女們的時代到來（도래）了」的意思，有一說是
頭咧

從韓國**知名**（지명）歌手李承哲的**暢銷**（히트）曲〈少女時代〉獲得的靈
奇謬ㄥ　　　　　　　　　　　ㄏㄧ太

感。少女時代出道後，一直都是以可愛少女的**形象**（이미지）示人，直到
一米雞

2010 年 3 月推出《Run Devil Run》後，才試著想要**轉變**（전변）為成熟
陳ㄅㄧㄡ恩

女性風。

與師兄 Super Junior 推出多組子團活動**不同**（다르다），少女時代
塔ㄅ打

到了 2012 年 4 月才推出由太妍、蒂芬妮與徐玄所組成的子團太蒂徐

（TaeTiSeo）。至於**其他**（기타）**成員**（멤버），也多在戲劇、**音樂劇**（뮤
key 他　　　咩姆剝　　　　　　　　　　　　咪 U

지컬）、**廣告**（광고）代言以及主持上多有發展，其中尤以隊中形象**擔當**
機扣兒　　　狂購

（담당）的潤娥活動最多，**收入**（수입）也最多。
塔姆當　　　　　　　蘇一ㄆ

🍀 想認識更多的少女時代，請往這裡去

✄ 少女時代韓國官方網站：http://girlsgeneration.smtown.com/

✄ 少女時代官方 FB：https://www.facebook.com/girlsgeneration

Super Junior (슈퍼주니어)

人蔘姬帶你認識

Super Junior

照片來源：達志影像

신동

神童／신동／ Shin Dong

생일：1985 년 09 월 28 일（양력）

誰應易耳：醜恩苦倍趴兒西剝ㄋㄧㄡ丶恩 苦窩兒 宜西ㄆ趴麗兒（陽ㄋㄧㄡ丶/ㄎ）

生日：1985 年 09 月 28 日（陽曆）

첫 방송일 : 2005 년 11 월 06 일

扯ㄊ 旁送易耳：宜醜恩偶ㄋㄧㄡ 、 恩 西嗶羅兒 U ㄍㄧ耳

初次登台：2005 年 11 月 06 日

데뷔앨범 (작품) : Super junior 05

鐵ㄅㄩ A兒伯ㄇ（掐ㄎ噗姆）：Super junior 05

出道專輯（作品）：Super junior 05

활동그룹 : 슈퍼주니어 , 슈퍼주니어 -T , 슈퍼주니어 -Happy

花兒東ㄍ路ㄆ：咻波珠尼喔，咻波珠尼喔 -T，咻波珠尼喔 -Happy

活動團體：Super Junior，Super Junior-T，Super Junior-Happy

厲旭／려욱／ Ryeo Wook

생일 : 1987 년 06 월 21 일 (양력)

誰應易耳：醜恩苦倍趴兒西ㄆ七兒六恩 U 窩兒 宜西嗶麗兒（陽ㄋㄧㄡ ㄟ/ㄎ）

生日：1987 年 06 月 21 日（陽曆）

활동그룹 : 슈퍼주니어 , 슈퍼주니어 -M , 슈퍼주니어 -K.R.Y.

花兒東ㄍ路ㄆ：咻波珠尼喔，咻波珠尼喔 -M，咻波珠尼喔 -K.R.Y.

活動團體：Super Junior，Super Junior-M，Super Junior-K.R.Y.

晟敏／성민／ Sung Min

생일 : 1986 년 01 월 01 일 (양력)

誰應易耳：醜恩苦倍趴兒西ㄅ Ung ㄋㄧㄡ 、 恩 伊落兒 伊麗兒（陽ㄋㄧㄡ ㄟ/ㄎ）

生日：1986 年 01 月 01 日（陽曆）

활동그룹 : 슈퍼주니어 , 슈퍼주니어 -T , 슈퍼주니어 -M ,
슈퍼주니어 -Happy

花兒東ㄍ路ㄆ：咻波珠尼喔，咻波珠尼喔 -T，咻波珠尼喔 -M，咻波珠尼喔 -Happy

活動團體：Super Junior，Super Junior -T，Super Junior-M，Super Junior-Happy

圭賢／규현／ Kyu Hyun

🦋 생일：1988 년 02 월 03 일（양력）
誰應易耳：醜恩苦倍趴兒西夊趴兒六恩 宜窩兒 撒密兒（陽ㄋㄧㄡ ㄟ/ㄎ）
生日：1988 年 02 月 03 日（陽曆）

🦋 활동그룹：슈퍼주니어 ，슈퍼주니어 –M ，슈퍼
주니어 –K.R.Y. ，S.M. The Ballad
花兒東ㄍㄜ路ㄆ：咻波珠尼喔，咻波珠尼喔 -M，咻波珠尼喔 -K.R.Y.，
S.M. The Ballad

活動團體：Super Junior，Super Junior-M，Super Junior-K.R.Y.，S.M. The Ballad

東海／동해／ Dong Hae

🦋 생일：1986 년 10 월 15 일（양력）
誰應易耳：醜恩苦倍趴兒西ㄅ Ung ㄋㄧㄡ ㄟ 恩 西剎兒 西剎義耳（陽 ㄋㄧㄡ ㄟ/ㄎ）
生日：1986 年 10 月 15 日（陽曆）

🦋 활동그룹：슈퍼주니어 ，슈퍼주니어 –M ，동
해 & 은혁
花兒東ㄍㄜ路ㄆ：咻波珠尼喔，咻波珠尼喔 - M，同嘿 & ㄜ妞ㄎ

活動團體：Super Junior，Super Junior-M，東海＆銀赫

始源／시원／ Si Won

🦋 생일：1987 년 02 월 15 일（양력）
誰應易耳：醜恩苦倍趴兒西夊七兒六恩 宜窩兒 西剎義耳（陽ㄋㄧㄡ ㄟ/ㄎ）
生日：1987 年 02 月 15 日（陽曆）

활동그룹 : 슈퍼주니어 , 슈퍼주니어 -M

花兒東ㄍ路ㄆ：咻波珠尼喔，咻波珠尼喔 -M

活動團體：Super Junior，Super Junior-M

藝聲／예성／ Ye Sung

생일 : 1984 년 08 월 24 일 (양력)

誰應易耳：醜恩苦倍趴兒西ㄆ薩ㄋㄧㄡ 、恩 趴羅兒 宜西ㄆ薩義兒（陽ㄋㄧㄡ丶/ㄎ）

生日：1984 年 08 月 24 日（陽曆）

활동그룹 : 슈퍼주니어 , 슈퍼주니어 -Happy , 슈퍼주니어 -K.R.Y.

花兒東ㄍ路ㄆ：咻波珠尼喔，咻波珠尼喔 -Happy，咻波珠尼喔 -K.R.Y.

活動團體：Super Junior ，Super Junior-Happy，Super Junior-K.R.Y.

銀赫／은혁／ Eun Hyuk

생일 : 1986 년 04 월 04 일 (양력)

誰應易耳：醜恩苦倍趴兒西ㄣ Ung ㄋㄧㄡ 、恩 撒窩兒 撒義耳（陽ㄋㄧㄡ丶/ㄎ）

生日：1986 年 04 月 04 日（陽曆）

활동그룹 : 슈퍼주니어 , 슈퍼주니어 -T , 슈퍼주니어 -M , 슈퍼주니어 -Happy , 동해 & 은혁

花兒東ㄍ路ㄆ：咻波珠尼喔，咻波珠尼喔 -T，咻波珠尼喔 -M，咻波珠尼喔 -Happy，同嘿 & ㄜ妞ㄎ

活動團體：Super Junior，Super Junior -T，Super Junior-M，Super Junior-Happy，東海＆銀赫

強仁／강인／Kang In

- 생일：1985 년 01 월 17 일（양력）

誰應易耳：醜恩苦倍趴兒西剁ㄋㄧㄡ、恩 伊落兒 西夕七麗兒（陽ㄋㄧㄡ、ㄎ）

生日：1985 年 01 月 17 日（陽曆）

- 활동그룹：슈퍼주니어 , 슈퍼주니어 -T , 슈퍼주니어 -Happy

花兒東巜路夊：咻波珠尼喔,咻波珠尼喔 -T,咻波珠尼喔 -Happy

活動團體：Super Junior，Super Junior-T，Super Junior-Happy

利特／이특／Lee Teuk

- 생일：1983 년 07 월 01 일（양력）

誰應易耳：醜恩苦倍趴兒西夕薩姆ㄋㄧㄡ、恩 七羅兒 伊麗兒（陽ㄋㄧㄡ、ㄎ）

生日：1983 年 07 月 01 日（陽曆）

- 활동그룹：슈퍼주니어 , 슈퍼주니어 -T , 슈퍼주니어 -Happy

花兒東巜路夊：咻波珠尼喔,咻波珠尼喔 -T,咻波珠尼喔 -Happy

活動團體：Super Junior，Super Junior -T，Super Junior-Happy

希澈（目前人在服役中）／희철／Hee Chul

- 생일：1983 년 07 월 10 일（양력）

誰應易耳：醜恩苦倍趴兒西夕薩姆ㄋㄧㄡ、恩 七羅兒 西畢兒（陽ㄋㄧㄡ、ㄎ）

生日：1983 年 07 月 10 日（陽曆）

- 활동그룹：슈퍼주니어 , 슈퍼주니어 -T

花兒東巜路夊：咻波珠尼喔,咻波珠尼喔 -T

活動團體：Super Junior，Super Junior-T

希澈因曾經歷過嚴重的車禍，所以服的是替代役。

✤ Super Junior 的歷年代表作

✦ 電視劇作品

❋ 希澈

2005 年《玉琳的成長日記 2》飾 白真宇（반올림 2 --- 백진우）

爬 NO 兒林母 2 --- 陪ㄅ基努

2005 年《彩虹羅曼史》飾 金希澈（레인보우 로망스 --- 김희철）

咧因 BO 屋 囉忙死 --- Kim ㄏ一澈兒

2006 年《不良家族》飾 孔旻（불량가족 --- 공민）

普兒良卡咒ㄅ --- 孔旻

2007 年《黃金新娘》飾 金英修（황금신부 --- 김영수）

黃割姆新不 --- Kim 勇素

2009 年《愛你千萬次》飾 李哲（천만번 사랑해 --- 이철）

嗔蠻剝恩 撒朗嘿 --- 以澈兒

2010 年《青春旋律》飾 申泰一（청춘선율 --- 신태일）

稱春搜 NEW 兒 --- 辛貼義兒

❋ 晟敏

2005 年《姊妹之海》飾 幼年姜東申（자매바다 --- 강동신）

掐咩八打 --- 扛東信

2005 年《靈骨塔少年》飾 棒球隊少年（납골당 소년 --- 야구부 소년）

哪ㄆ溝兒盪 SO 妞恩 --- 雅咕部 SO 妞恩

2010 年《總統》飾 張成民（프레지던트 --- 장성민）

噗咧幾都恩ㄊ --- 強搜ㄥ民

❋ 始源

2004 年《說不出的愛》（부모님 전상서）

僕摸膩姆 陳桑搜

2006 年《春之戀》飾 朴相宇（봄의 왈츠 --- 박상우）

PO 咩 挖耳滋 --- 爬ㄅ桑悟

2007 年《香丹傳》飾 李夢龍 (향단전 --- 이몽룡)

厂ㄧㄤ丹這恩 --- 以夢六ㄥ

2010 年《Oh ！ My Lady 愛你喲》飾 成敏宇

(오！ 마이 레이디 --- 성민우)

喔！馬伊 咧一滴 --- 搜ㄥ迷努

2010 年《雅典娜：戰爭女神》飾 金俊浩

(아테나：전쟁의 여신 --- 김준호)

阿貼娜：扯恩切ㄥ/ㄝ 油信 --- Kim 主 NO

2011 年《華麗的挑戰》飾 敦賀蓮

2011 年《波塞冬》飾 金善宇 (포세이돈 --- 김선우)

波 Say 以都恩 --- Kim 搜努

2012 年《如果回到從前》飾 宋晨曦

《華麗的挑戰》和《如果回到從前》都是華語電視劇。

神童

2008 年 《單身爸爸戀愛中》飾 吳七九

(싱글파파는 열애중 --- 오칠구)

星歌兒趴趴嫩 油咧住ㄥ --- 偶七兒固

2010 年 《愛上冠軍醫生》飾 姜佑嵐 (닥터 챔프 --- 강우람)

搭ㄎ偷 竊姆ㄆ --- 扛屋拉姆

東海

2010 年《沒關係，爸爸的女兒》飾 崔旭基

(괜찮아 , 아빠 딸 --- 최욱기)

魁恩掐拿 , 阿爸 大兒 --- 崔屋ㄍㄧ

2011 年《華麗的挑戰》飾 不破尚

2012年《刺蝟和熊貓小姐》飾 高勝志 (판다양과 고슴도치 --- 고승지)

潘打樣瓜 口思姆都棄 --- 口僧幾

電影作品

全員除圭賢因車禍受傷外皆有出演 2007 年的《花美男連環恐怖襲擊事件》（꽃미남 연쇄 테러 사건），這是 SM 公司所製作的第一部電影。

溝恩米娜姆 油恩碎 貼了 撒狗恩

✖ 始源

2006 年《墨攻》飾 梁適

2011 年《雅典娜：The Movie》飾 金俊浩（아테나：더 무비 --- 김준호）

阿貼娜：頭 木比 --- Kim 主 NO

✖ 強仁

2008 年《純情漫畫》飾 康淑（순정만화 --- 강숙）

孫鄭馬ㄋㄨㄚ --- 康素ㄎ

🍀 音樂劇作品

✖ 希澈

2008 年《仙那度》飾 sony（제너두 --- 쏘니）

茄挪度 --- 噏你

✖ 藝聲

2009 年《南漢山城》飾 鄭命壽（남한산성 --- 정명수）

哪蠻散噏ㄥ --- 城謬ㄥ素

2010 年《洪吉童》飾 洪吉童（홍길동 --- 홍길동）

洪ㄍㄧ兒動 --- 洪ㄍㄧ兒動

2010 年《Spamalot 火腿騎士》飾 加拉赫特（스팸어랏 --- 갈라하드）

思呸摸拉ㄊ --- 卡兒拉哈ㄅ

✖ 晟敏

2009 年《Akilla》飾 RO（아킬라 --- 로）

阿 key 兒拉 --- 漏

2010 年《洪吉童》飾 洪吉童（홍길동 --- 홍길동）

洪ㄍㄧ兒動 --- 洪ㄍㄧ兒動

2011 年《Jack the Ripper 開膛手傑克》飾 丹尼爾
（잭 더 리퍼 --- 다니엘）

切ㄎ 的 哩波 --- 塔尼 A 兒

✖ 厲旭

2011 年《狼的誘惑》飾 鄭泰盛（늑대의 유혹 --- 정태성）

呢ㄎ day ㅔ U 厚ㄎ --- 城貼搜ㄥ

《墨攻》為華語片。始源在拍這部片時，因太熱中暑，差點從高牆摔下，後為劉德華及時拉住，始源自此便成了「劉派」的。

藝聲、晟敏同為音樂劇《洪吉童》之主角洪吉童，在音樂劇中，由二人同飾一角是極為常見的。

🦋 銀赫

2011 年《Fame 名揚四海》飾 Tyrone Jackson（페임 --- 타이런）

呸義姆 --- 他伊囉恩

🦋 圭賢

2010—2011 年《三劍客》飾 達太安（삼총사 --- 달타냥）

薩姆沖灑 --- 塔兒他釀

2012 年《Catch Me If You Can》飾 佛蘭克

（캐치 미 이프 유 캔 --- 프랭크）

Ｋ七 咪 以夂 Ｕ KEN --- 噗咧ㄥ科

🦋 強仁

2008 年《仙那度》飾 sony（제너두 --- 쏘니）

茄挪度 --- 嗽你

🍃 韓文專輯／單曲

🦋 正規專輯

2005 年 12 月《Super Junior 05》

2007 年 9 月《Don't Don》

2009 年 3 月《SORRY,SORRY》

2010 年 5 月《BONAMANA》

2011 年 3 月《Mr. Simple》

2012 年 7 月《Sexy, Free & Single》

希澈說自己在發行《SORRY,SORRY》這張專輯時有想過要退出 Super Junior，後因成員的貼心舉動才讓他打消了念頭。

🦋 單曲

2006 年 6 月《U》

生字輕鬆背 🎧

🍃 불량（不良）：不良、不好的

普兒良

EX：이 식당은 위생 상태가 불량하다．　這餐廳的環境衛生並不好。

以　西ㄎ溫恩　ㄩSayㄥ桑ㄊㄝ　、嘎 普兒良哈打

❧ 황금（黃金）：黃金

黃割姆

EX：그 닭은 매일 황금 알을 낳았다．　那隻雞每天下金蛋。

可 他兒根 梅義兒 黃割姆 阿ㄌ兒 哪阿ㄊ大

❧ 신부（新婦）：新娘

新不

EX：그녀는 요즘 신부 수업 중이다．　她最近在學習新娘課程。

可妞嫩 油滋姆 新不 蘇喔ㄆ 儲ㄥ一打

❧ 천만（千萬）：千萬

噴蠻

EX：서울의 인구가 천만 명을 넘어섰다．

搜悟咧 銀咕嘎 噴蠻 謬ㄥ ㄌ ㄛ兒 挪摸搜ㄊ大

首爾的人口已經超過了千萬。

❧ 청춘（青春）：年輕、青春

稱春

EX：엄마는 나이는 63 세지만 아직 마음은 청춘이시다．

歐姆媽嫩 哪義嫩 U 西ㄆ薩姆 Say 機慢 阿機ㄍ 馬ㄜ悶 稱出尼西打

媽媽的年紀雖是 63 歲了，但在心態上還是很年輕。

❧ 선율（旋律）：旋律

搜 NEW 兒

EX：그 카페에는 언제나 감미로운 피아노 선율이 흐른다．

可 咖配せ嫩 偶恩接那 卡姆咪囉溫 P 啊 NO 搜 NEW 哩 　ㄏ ㄌ ㄌㄣ 、 打

那間咖啡廳總是洋溢著甜美的鋼琴旋律。

❧ 자매（姊妹）：姊妹

掐咩

EX：그들은 자매지간이다．　她們是姊妹。

可得ㄌㄣ 掐咩擠嘎尼打

174

- 바다：海洋、海

  趴打

  EX：바다 한가운데 배가 한 척 떠 있다 .　在海中央有艘船。

  　　趴打 酣嘎溫 day 陪嘎 酣 徹ㄎ ㄌ 以ㄊ大

- 납골당（納骨堂）：靈骨塔

  哪ㄆ溝兒盪

  EX：유골을 납골당에 안치하다 .　將骨灰放進靈骨塔。

  　　U 溝ㄌ兒 哪ㄆ溝兒盪世 安氣哈打

- 부모（父母）：父母

  僕摸

  EX：나는 부모 형제와 떨어져 산다 .　我跟父母、兄弟姊妹分開住。

  　　哪嫩 僕摸 ㄏㄧ用 J 哇 都囉糾 散打

- 봄：春天

  PO 姆

  EX：봄 날씨는 무척 변덕스럽다 .　春天的天氣變化無常。

  　　PO 姆 哪兒系嫩 姆徹ㄎ ㄆㄧㄡ恩的ㄎ思囉ㄆ大

- 왈츠（waltz）：華爾滋

  挖耳滋

  EX：나는 그녀와 왈츠를 추었다 .　我和她一起跳華爾滋。

  　　哪嫩 可妞哇 挖耳滋ㄌ兒 出喔ㄊ大

- 一전（一傳）：傳記、傳

  一這恩

  EX：그리스도전 .　耶穌傳。

  　　可麗思都這恩

🍀 싱글（single）：單身

星歌兒

EX：그녀는 아직 싱글이다． 她現在依舊單身。

可妞嫩 阿機ㄎ 星歌哩打

🍀 순정（純情）：純情

孫鄭

EX：그는 완전 순정파다． 他非常純情。

可嫩 完這恩 孫鄭帕打

🍀 만화（漫畫）：漫畫

馬ㄋㄨㄚ

EX：만화를 좋아해요． 我喜歡看漫畫。

馬ㄋㄨㄚ/ㄌ兒 球阿嘿油

🍀 산성（山城）：山城

散嗽ㄥ

EX：산성이 무너지다． 山城坍塌了。

散嗽ㄥ伊 姆挪機打

🍀 늑대：狼

呢ㄎday

EX：그는 양의 탈을 쓴 늑대다． 他是披著羊皮的狼。

可嫩 羊世 踏ㄌ兒 森 呢ㄎday打

🍀 유혹（誘惑）：誘惑

U厚ㄎ

EX：그는 유혹에 넘어가지 않을 것이다． 他不會陷入誘惑中。

可嫩 U厚給 那麼嘎機 阿ㄋ兒 溝西打

✤ 총사（銃士）：劍客、劍士
沖灑

EX：그들은 언제나 삼총사처럼 붙어 다닌다 .

可得ㄌㄣ 偶恩接那 薩姆沖灑抽囉姆 普秋 塔您打

他們三個總是膩在一起，像三劍客似的。

✤ 說說唱唱學韓文

내가 잡아줄게 안아줄게 살며시

餵嘎 掐八珠兒給 阿娜珠兒給 撒兒謬系

我會輕柔地抓住妳 擁抱妳

그것으로 작은 위로만 된다면 좋겠어

可溝思囉 掐根 魚囉蠻 退恩打謬恩 球 K 搜

哪怕那些都只是成為小小的安慰也好

언제나 더 많은 걸 해주고 싶은 내 맘 넌 다 몰라도 돼〈너 같은
사람 또 없어 (No Other)〉

偶恩接那 頭 馬嫩 科兒 嘿珠溝 洗噴 餵 馬姆 挪恩 塔 謀兒拉都 腿

〈挪 卡ㄊㄣ 撒拉姆 豆 偶ㄆ搜〉

無論何時都想為妳做更多的事 即使妳不懂這份心意也無所謂〈沒有
人能夠再像妳 (No Other)〉

✤ 잡다（原形）：抓住、握住
掐ㄆ大

EX：내 손을 잡아요 .　抓住我的手。

餵 SO ㄋ兒 掐八油

✤ 살며시：輕輕地、悄悄地、偷偷地
撒兒謬系

EX：그녀는 살며시 내 손을 잡았다 .　她輕輕地抓住了我的手。

可妞嫩 撒兒謬系 餵 SO ㄋ兒 掐八ㄊ大

위로（慰勞）：安慰

魚囉

EX：어머니의 수고했다는 말 한마디가 내게 큰 위로가 되었다.

喔摸你せ 蘇溝嘿ㄊ大嫩 罵兒 酣媽底嘎 餒給 ㄎㄣ 魚囉嘎 推喔ㄊ大

母親的一句「你辛苦了」，對我而言是極大的安慰。

어딜가나 당당하게 웃는 너는 매력적

歐弟兒嘎那 堂噹哈給 文嫩 挪嫩 咩溜ㄎ九ㄎ

無論去哪兒都堂堂笑著就是妳的魅力

착한 여자 일색이란 생각들은 보편적

掐刊 油架 宜兒 Say ㄍㄧ爛 Sayㄥ嘎ㄎ的ㄉㄣ PO ㄆㄧㄡ恩九ㄎ

世人普遍認為乖巧善良的女子都是絕色佳人

도도하게 거침없게 정말 너는 환상적

偷都哈給 科七某ㄆ給 城罵兒 挪嫩 歡桑九ㄎ

既高傲又毫無顧忌的妳真的有如幻想般

돌이킬 수 없을 만큼 네게 빠져 버렸어〈Sorry, Sorry〉

偷哩 key 兒 蘇 偶ㄆ思兒 蠻克姆 餒給 八九 婆溜搜

幾乎無法挽回地 我完全迷上了妳〈Sorry, Sorry〉

당당하다（堂堂—）（原形）：堂堂、雄壯、理直氣壯

堂噹哈打

EX：풍채가 당당한 신사. 相貌堂堂的紳士。

噗ㄥ切嘎 堂噹酣 新撒

보편（普遍）：普遍

PO ㄆㄧㄡ恩

EX：핵가족이 점차 보편화되고 있다.

嘿ㄎ嘎咒ㄍㄧ 愁姆恰 PO ㄆㄧㄡ恩化堆溝 以ㄊ大

核心家庭的形式正逐漸變得普遍。

🍀 도도하다（原形）：高傲、傲慢

偷都哈打

EX：사람들은 그녀를 무척 도도한 여자라고 했지만 실상 그녀는
무척 여린 사람이었다.

撒拉姆得ㄌㄴ 可妞ㄌ兒 姆抽ㄎ 偷都酣 油架拉溝 嘿ㄥ機慢 惜兒桑 可妞嫩

姆抽ㄎ 油淋 撒拉咪喔ㄥ大

人們都說她是個非常高傲的女子，但實際上她是個相當脆弱的人。

🍀 거침없다（原形）：毫無阻礙、毫無阻擋、順暢、流利；毫無顧忌

科七某ㄆ大

EX：거침없는 전진.　毫無阻礙的進展。

科七某姆嫩 陳進

🍀 환상（幻想）：幻想

歡桑

EX：그녀는 결혼에 대해 환상을 가지고 있다.　她對婚姻抱有幻想。

可妞嫩 ㄎㄧㄡ囉捏 鐵嘿 歡桑ㄛ兒 卡機溝 以ㄥ大

🍀 돌이키다（原形）：回頭、回首；挽回

偷哩 key 打

EX：이미 저지른 일은 돌이킬 수 없다.

乙醚 扯機ㄌㄴ 宜ㄌㄴ 偷哩 key兒 蘇 偶ㄆ大

已經犯下的過錯是無法挽回的。

🍀 만큼：前方接名詞或動詞，表後句的數量或程度與前句內容相當，有

蠻克姆　「跟⋯一樣」、「如⋯一般」、「幾乎」之意；另外有時也表
示前文為後文的原因或根據。

EX：이 꽃도 그 꽃만큼 예쁘다.　這朵花和那朵花一樣漂亮。

以 溝ㄥ都 可 溝恩蠻克姆 也ㄅ打

이 세상의 이치란, 이치란, 용기 있는 자를 따라 나 같은 놈 말야

以 Say 桑世 一起爛，一起爛，勇《一 銀嫩 掐ㄉ兒 搭拉 拿 卡ㄊㄣ NO姆 馬ㄌㄧㄚ

這世界的真理，所謂的真理，就是跟隨勇者，說的就是像我這樣的人

옛말에 Say, 열 번 찍으면 넘어간다. 으쓱, 으쓱, 으쓱

鹽罵咧 Say，油兒 剝恩 機《謬恩 挪摸幹打 . ㄜ思ㄎ，ㄜ思ㄎ，ㄜ思ㄎ

古老的諺語 Say, 砍十次也會會倒下的，聳肩，聳肩，聳肩

그녀는 강적. 끄떡없다. 삐쭉, 삐쭉, 삐쭉

可妞嫩 扛著ㄎ. 割都狗ㄡ大 . 嗶豬ㄎ，嗶豬ㄎ，嗶豬ㄎ

她卻是個強敵，毫不動搖，噘嘴，噘嘴，噘嘴

난 어떡할까 어떡할까 그녀만이 내 관심인 걸, 걸, 걸 〈미인아〉

難 偶都咖兒嘎 偶都咖兒嘎 可妞馬尼 餒 寬西敏 可兒, 可兒, 可兒〈迷伊娜〉

我該怎麼辦，能怎麼辦，我偏偏只喜歡那女孩，女孩，女孩〈美人啊〉

* 이치（理致）：道理、真理、法則
  一起

  EX：말이 이치에 맞다. 說話合乎道理。
  馬哩 一起世 馬ㄊ大

* 용기（勇氣）：勇氣
  勇《一

  EX：용기를 내세요！ 拿出勇氣來！
  勇《一 / ㄌ兒 餒 Say 唷

* 자（者）：者、～的人
  掐

  EX：일하지 않는 자 먹지도 말라. 不勞動者不得食。
  已拉機 安嫩 掐 某ㄎ機都 麻兒辣

* 옛말：古老的諺語、俗語、俗話
  鹽罵兒

〈美人啊〉這首歌在台灣的音樂榜上蟬聯了 63 週的冠軍。若再加上〈Mr. Simple〉則共問鼎了 100 週的冠軍。

EX : 옛말에 이르기를 ' 세월은 사람을 기다리지 않는다 ' 라고 했다 .

鹽罵咧 已ㄌ/《一/ㄌ兒 'Say 窩ㄌㄣ 撒拉ㄇ兒 key 搭哩機 安嫩打 ' 拉溝 嘿ㄊ大

俗話說「歲月不待人」。

❀ 열 : 十

油兒

EX : 열을 셀 때까지 여기서 나가라 .

油ㄌ兒 Say 兒 day 嘎幾 油《一搜 哪嘎辣

在我數到十之前，給我離開這裡。

❀ 찍다（原形）: 砍

機ㄅ大

EX : 도끼로 나무를 찍다 . 用斧頭砍樹。

偷《一丶囉 哪木ㄌ兒 機ㄅ大

❀ 넘어가다（原形）: 倒、倒下

挪摸嘎打

EX : 폭풍으로 정원의 나무들이 넘어갔다 .

PO ㄅ噗ㄥ/ㄛ囉 城窩捏 哪木得哩 挪摸嘎ㄊ打

庭院裡的樹因暴風雨而倒下了。

❀ 으쓱 : 聳肩 ; 得意貌 ; 打冷顫的樣子

ㄜ思ㄎ

EX : 그녀는 어깨를 한번 으쓱해 보이며 별일 아니라고 말했다 .

可妞嫩 喔 gay ㄌ兒 酣崩 ㄜ思 K 剖一謬 ㄆㄧㄡ兒麗兒 阿尼拉溝 馬咧ㄊ大

她聳聳肩，說沒什麼事。

❀ 강적（強敵）: 強敵

扛著ㄎ

EX：한국팀은 준결승에서 강적 일본과 맞붙는다．

醞固ㄎ TEA 悶 純ㄍ一ㄡ兒僧世搜 扛著ㄎ 宜兒 BO 恩瓜 馬ㄊ／ㄅㄨㄣ嫩打

韓國隊在準決賽中碰上了強敵日本隊。

❀ 끄떡없다（原形）：穩如泰山、毫不動搖

割都狗ㄆ大

EX：그는 아무리 위협해도 끄떡없다．

可嫩 阿木力 淤ㄏ一ㄡ呸都 割都狗ㄆ大

他不管怎麼威脅，都毫不動搖。

❀ 삐쭉：嚥嘴貌，程度較意義相同的「비죽」來得強

嗶豬ㄎ

EX：그는 성이 나서 또 입술을 삐쭉 내민다．

可嫩 搜ㄥ伊 哪搜 豆 以ㄆ素ㄌ兒 嗶豬ㄎ 餒民打

他氣得又把嘴嚥了起來。

❀ 미인（美人）：美人、美女

迷印

EX：그의 딸들은 하나같이 미인이다．　他的女兒們全都是美女。

可世 大兒得ㄌㄣ 哈哪嘎器 迷伊尼打

아슬아슬 매달린 난 사랑의 스파이더

阿斯拉思兒 每達兒林 難 撒朗世 死趴椅的

我似懸掛在膽戰心驚的愛情蜘蛛網

조각조각난 퍼즐 다시 다

抽嘎ㄎ糾剛難 波坐兒 塔西 塔

破碎成一片片的拼圖

맞춰 나갈 수 있어〈A-Cha〉

馬ㄊ戳 哪嘎兒 蘇 以搜

我能將它們拼湊完整〈A-Cha〉

❧ 아슬아슬：膽戰心驚、惴惴不安
阿斯拉思兒

EX：위태로운 순간을 아슬아슬하게 넘겼다．
淤ㄊㄝ、囉溫 孫嘎ㄋ兒 阿斯拉思拉給 挪姆ㄍㄧㄡ/ㄊ大
膽戰心驚的渡過了那個危險的時刻。

❧ 매달리다（原形）：掛、吊
每達兒哩打

EX：전구 하나가 천장에 매달려 있었다．
陳古 哈那嘎 嗔降ㄝ 每達兒溜 以搜ㄊ大
有一個燈泡懸掛在天花板上。

❧ 퍼즐（puzzle）：拼圖；謎題；猜謎，益智遊戲
波ㄓ兒

EX：퍼즐을 맞추다．　拼拼圖。
波ㄓ/ㄌ兒 馬ㄊ出打

❧ 조각조각：（破碎成）一片片、碎片
抽嘎ㄎ糾嘎ㄎ

EX：편지를 조각조각 찢어 버렸다．　把信撕成碎片。
ㄆㄧㄡ恩幾ㄌ兒 抽嘎ㄎ糾嘎ㄎ 機糾 婆溜ㄊ大

❧ 맞추다（原形）：安裝、拼湊
馬ㄊ出打

EX：기계를 뜯었다 다시 맞추다．　將機器拆了又安裝上。
key 給ㄌ兒 ㄉ都ㄊ大 塔西 馬ㄊ出打

◆ 基本助詞（三）

✿ 에

1. 表示動作的對象，但只使用在無生命物體上。

EX：나는 화분에 물을 주었다． 我幫花盆澆水。

哪嫩 花不捏 木ㄌ兒 儲喔ㄊ大

2. 移動的到達點。

EX：학교에 가다． 去學校。

哈ㄍ一ㄡ、ㄝ 卡達

3. 靜態存在的地點。

EX：너의 곁에 있고 싶어． 想要待在你的身邊。

挪ㄝ ㄎ一ㄡㄊㄟ、 以ㄊ溝 西剖

4. 時間點。

EX：진달래는 이른 봄에 핀다． 杜鵑花在早春開花。

琴達兒咧嫩 以ㄌ恩 剖咩 聘打

✿ 에게 / 한테：「한테」為口語用法。

1. 表示動作的對象，但只能使用於人和動物身上。

EX：친구들에게 합격 사실을 알리다．

沁古ㄌ咧 gay 哈ㄆ/ㄎ一ㄡㄎ 撒西ㄌ兒 阿兒哩打

告訴朋友們考試合格的消息。

EX：이것은 너한테 주는 선물이다． 這個是給你的禮物。

以溝森 挪酣ㄊㄝ、 儲嫩 搜恩木哩打

2. 表示限定某件事物所屬的範圍。

EX：영희에게 무슨 일이 생겼을까？ 英姬發生了什麼事嗎？

勇ㄏ一/ㄝ gay 姆森 宜哩 say ㄥㄍ一ㄡ斯兒嘎？

EX：나한테 돈이 좀 있다 .　我有一點錢。

　　　拿酣ㄊㄝˋ　頭尼　鐘姆　以ㄣ大

✖ ─ (으) 로 :
動詞語幹末音節為子音時用「으로」，末音節為母音及「ㄹ」用「로」
1. 表示「手段、方法、道具、材料、原料」等。
EX：과일을 칼로 자르다 .　用刀切水果。

　　　誇義ㄌ兒　咖兒囉　家ㄌ打

EX：이번 방학에는 기차로 외갓집에 갈 계획이다 .

　　　以剝恩　旁哈給嫩　key 掐囉　微嘎機唄　卡兒　K 會ㄍㄧ打

　　　這次放假我打算搭火車去外婆家。

EX：나무로 집을 짓는다 .　用木頭蓋房子。

　　　哪木囉　機ㄅ兒　巾嫩打

2. 表示移動的方向。
EX：모든 길은 로마로 통한다고 했다 .

　　　某ㄉㄣ　key ㄌㄣ　囉馬囉　通漢打溝　嘿ㄊ大

　　　人家說「條條大路通羅馬」。

EX：오늘 유럽으로 가는 비행기를 탔다 .

　　　偶ㄋ兒　U 了ㄅ囉　卡嫩　皮嘿ㄥㄍㄧㄌ兒　他ㄊ大

　　　我今天搭上了往歐洲的班機。

EX：사장은 간부들을 회의실로 불렀다 .

　　　傻醬恩　砍部ㄉㄌ兒　會議系兒囉　僕兒囉ㄊ大

　　　社長把幹部們叫到會議室裡。

3. 表示事情發生的原因或理由。

EX : 갑작스러운 폭우로 농작물이 떠내려갔다 .

卡ㄆ加ㄅ斯了溫 PO 孤囉 農將木哩 都餒溜卡ㅿ大

突如其來的暴雨使農作物都被沖走了。

EX : 이 고장은 사과로 유명하다 .　這個地方以產蘋果聞名。

以 口將恩 傻瓜囉 U 謬ㄥ哈打

EX : 그 사람은 퇴근 후에도 회사 일로 바쁘다 .

可 撒拉悶 推根 呼世都 輝撒 以兒囉 爬ㄅ打

他下班後依然忙於公事。

4. 表示變化的結果。

EX : 체온이 드디어 37 도로 떨어졌다 .　體溫終於降到 37 度。

切歐尼 ㄅ滴喔 撒姆西ㄆ七兒都囉 都囉糾ㅿ大

EX : 얼음이 물로 되었다 .　冰塊變成了水。

偶ㄅ咪 木兒囉 推喔ㅿ大

5. 表示一個人的身份、地位或資格。

EX : 그 여자는 현모양처로 가정을 지켰다 .

可 油價嫩 ㄏㄧㄡ恩某羊抽囉 卡鐘ㄜ兒 幾ㄎㄧㄡㅿ打

她作為一個賢妻良母守護著家庭。

Super Junior 小逸事

Super Junior 在結成（결성）初時，本來是預定（예정）要固定更換成員，
ㄎㄧㄡ兒嗽ㄥ　　　　　　　　　也鄭

所以一開始的團名為 Super Junior 05，但因為粉絲們紛紛（끊임없이）對
《尼某ㄆ系

這樣的作法表達抗議（항의），所以 SM 公司便取消（취소）了這樣的策
夯議　　　　　　　　　　　　屈 SO

略（책략），並在 Super Junior 發行《U》這張專輯時，將後頭的 05 去掉，

正式定名為 Super Junior，也是在這個時候，團中的老么圭賢也加入而成

為了第 13 名成員。

不過，後來韓庚因合約關係退出（퇴출），起範也為了能專注（전심）在

戲劇上而離開，因此目前在 Super Junior 中的成員共有 11 人，但起範強調，

他雖不再參與 Super Junior 的唱片（음반）宣傳活動，卻永遠（영원）都

是 Super Junior 的一員。

Super Junior 的子團甚多，包括有 Super Junior-K.R.Y.、Super Junior-T、

Super Junior-M、Super Junior-Happy、Super Junior - Donghae & Eunhyuk，

每個子團都有其各自（각자）的特色（특색），其中 Super Junior-M 則是

以專攻華語（중국어）市場為主，所以團員除了包括有 Super Junior 的成

員（圭賢、厲旭、晟敏、始源、東海、銀赫）外，還加入了兩位華人（화

인），分別是中國籍的周覓以及加拿大（캐나다）籍的華人 Henry（劉憲

華）。此外，為了學好中文，Super Junior-M 的成員們還曾來台 long stay

兩個月，由此可見他們為了深耕華語圈所付出的努力。

想認識更多的 Super Junior，請往這裡去

Super Junior 韓國官方網站：http://superjunior.smtown.com/

利特推特：https://twitter.com/#!/special1004

始源推特：https://twitter.com/#!/siwon407

晟敏推特：https://twitter.com/#!/imSMl

圭賢推特：https://twitter.com/#!/GaemGyu

- 厲旭推特：https://twitter.com/#!/ryeong9
- 藝聲推特：https://twitter.com/#!/shfly3424
- 銀赫推特：https://twitter.com/#!/AllRiseSilver
- 神童推特：https://twitter.com/#!/ShinsFriends
- 東海推特：https://twitter.com/#!/donghae861015
- 強仁推特：http://twitter.com/#!/Himsenkangin
- 希澈本也有推特，但據悉希澈因不堪私生飯透過推特推測自己的所在地並進行騷擾，故於自己滿 29 歲生日的前一天留下最後一則留言，感謝歌迷的生日祝福，並聲明自己一年內都不再使用推特後，就刪除了推特的帳號。

「私生飯」是以瘋狂行徑追逐、騷擾明星「私生」活的「粉絲」的簡稱。

Chapter 2

人蔘姬＆泡菜公主的
追星撇步大公開

韓國交通工具怎麼坐？

　　到韓國，尤其是在首爾地方，地鐵可說是最方便的移動方式了。韓國地鐵的路線雖多，但標示清楚，且每一站都寫有中、英、日、韓四種語言，車上的跑馬燈也都列有這四種語言，所以就算不懂韓文也不用擔心會坐錯車，只是，雖然列車上的廣播有四種語言，但唯有在站名的部分，卻清一色都用韓文發音，所以這時候就只能依靠跑馬燈了。

　　韓國地鐵的買票方式跟我們的捷運相同，有單程票，也有類似於悠遊卡的機制。而且韓國地鐵的自動售票機很貼心，同樣也備有中、英、日、韓四種語言。但是，某些地鐵站的售票機沒有紙幣兌換機，所以需自備零錢。

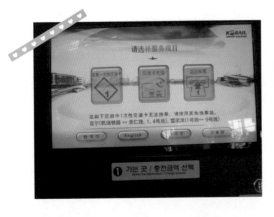

　　至於在票卡部分，則分有 T-money 以及 SEOUL CITYPASS PLUS 兩種。這兩種均能在便利商店（GS25、7-ELEVEN）中買到。兩者的使用方式相同，都跟我們的悠遊卡一樣，可以搭地鐵與公車，最低儲值金額則為 1000 ₩。不同的是 T-money 的空卡費用為 2500 ₩ 而 SEOUL CITYPASS PLUS 的則是 3000 ₩，但在某些觀光設施上會另有優惠。使用票卡的好處是可以免除準備零錢或要一直掏錢買票的困擾，同時，每一趟搭乘都會比使用現金買票便宜個 100 ₩，可說是搭乘地鐵、公車的好幫手，而且其中的餘額也可以拿去退費。

T-money 卡

另外，在韓國地鐵站內甚少手扶梯或電梯，所以若是帶著過重、過大的行李，在搭乘地鐵時可要有把行李扛上、扛下的心理準備。

去到韓國要住哪兒？

🦋 Korea Hotel.com

http://www.koreahotel.com/kh_chn/main/main.php

有中文頁面，需使用信用卡結帳。值得一提的是，部分飯店會提供「溫突房」（온돌방、ondol）的房型選擇。「溫突」是一種韓國傳統室內取暖設施，自地板下加溫使整個室內變溫暖，相當於中文裡的「炕」，但此種房型沒有西式的床，必須將棉被鋪在地板上睡覺。

🦋 INNOSTEL

http://innostel.visitseoul.net/main/in_default.asp

由首爾市認證的中低價型經濟住宿設施，有中文頁面。

🦋 Gmarket 旅行 – 韓國國內住宿

http://category.gmarket.co.kr/listview/MTourList.asp?gdmc_cd=200000683&jaehuid=200001811

Step 1

先加入 Gmarket 會員。
於頁面右上方找到「加入
會員」（회원가입）字樣
後點入，在 Gmarket 首
頁也能在相同位置找到
它。

Step 2

選擇以外國人身份加入會
員，會員登錄介面為英
文。

成功加入會員後，可直接
於網址列輸入網址，或自
Gmarket 首頁左方找到「도
서. 문구. 여행. 소셜」選
單中的「여행 / 레저 / 호
텔 / 항공권」點入，再於下
個頁面找到「國內住宿」（국
내숙박）字樣點入，回到此
訂房頁面，按「펼치기」展
開條件，或直接在價格範圍
（가격대）中輸入價格搜尋。

Step 3

Step
4

按下「펼치기」後，

①選擇國內（국내）或國外（해외）

②住宿設施（숙박형태）

③地區（지역）

④ check-in 日期（체크인）（從

後方小月曆選擇）

⑤ check-out 日期（체크아웃）

⑥人數（기준인원）

完成後按「검색하기」進行搜尋。

Step
5

瀏覽並選擇欲住宿的設施。可由下

拉式選單選擇物件的排序方式。

選單中的選項依序為：注目度（포

커스 랭크순）、Gmarket 排行（G

마켓 랭크순）、新商品（신규상

품순）、低價排序（저가순）、高

價排序（고가순）、評論度（리뷰

순）。

Step
6

點入各設施後的頁面各不相同，左

方截圖僅作為範例說明。

選擇房型或特價組合、住宿日期、

天數、所需房間數、使用人數、床

型（더블為雙人床、트윈為兩張單

人床）及是否需要加價早餐。選擇

完畢按「預約」（예약）訂房。

　　韓國的飲食豐富多樣，但多不脫辣味，不過，韓國的辣偏向甜辣，所以即便看起來是滿桌的通紅，卻仍算是國人能夠接受的範圍之內，只是若去光顧辣的雞肉、鴨肉料理店時，依舊是會辣得人頭皮發麻，此時就可對服務生說：「너무 맵지 않게 해 주세요.」（請不要太辣）。偶爾，貼心的店家在發現你是外國人時會主動將辣味調得淡些，只不過就算這樣，對不敢吃辣的人來說似乎沒什麼幫助，而且辣味本身就是韓國料理的一項特色，一旦全部去除了，似乎也就沒那麼好吃了。

　　在韓國吃飯，除了主餐外，店家都會送上一堆小碟裝的小菜，這些小菜大部分是豆芽、海菜、泡菜類，吃完後可以再向店家索取，通常店家都會非常大方地免費供給。

　　在韓國，其實不太適合一個人的飲食，許多韓國料理通常都是以 2 人份起跳，像是燉雞、豬腳、烤肉、火鍋類等，可見，韓國人吃飯多是呼朋引伴的，也因此，韓國人很習慣地會與人分食。就像在韓劇中或電視上可看到的，大家常會拿著自己的湯匙在同一碗湯裡舀來舀去的，這看在台灣人的眼裡似乎很難接受，但這就是韓國道地的飲食文化。

　　另外，韓國人吃飯時是不會把碗給端起來吃的，他們認為那是非常不禮貌的行為，所以他們通常都是用筷子去挾菜，然後再用湯匙去舀飯來吃，若是吃像鍋類或湯飯的食物時，他們則會把飯給倒進湯裡，弄成像湯泡飯的樣子後再吃。

演唱會門票怎麼買？

♪ 首爾觀光公社

http://www.visitseoul.net/

有繁體中文頁面，對外國粉絲來說可說是最親切的介面了。提供部分音樂劇、演唱會及藝文活動的訂票服務，欲購票需加入會員，可現場取票。

♪ interpark Ticket Global

http://ticket.interpark.com/Global/index.asp

英文介面，提供韓國國內藝文活動及體育賽事的票券訂購，需以信用卡付款，可現場取票。韓文版網頁（http://ticket.interpark.com/）可選擇的活動種類更為豐富多元，一些熱門的演唱會偶有韓文版網頁先行售票的情況，但欲加入韓文版會員需要韓國的住民登錄號碼或外國人登錄號碼。

住民登錄號碼就相當於台灣的身份證字號。
外國人登錄號碼則是韓國針對入境後在該國滯留 90 天以上的外國人所發給的身份認證號碼。

♪ Gmarket Ticket　G 마켓 티켓

http://category.gmarket.co.kr/listview/LTicket.asp

提供各項票券訂購服務，不時會有經此通路獨家販售的演唱會門票。欲購票需加入 Gmarket 會員，有供外國人使用的會員加入頁面（英文）。

加入 Gmarket 會員後，於售票
首頁上選擇表演類型或直接選
擇想看的項目。

圖中紅框由上至下依序為演唱
會（콘서트）、音樂劇（뮤지
컬）、舞台劇（연극）、古
典音樂 / 歌劇（클래식 / 오페
라）、活動 / 體育 / 體驗（행
사 / 스포츠 / 체험）、芭蕾 /
舞蹈 / 國樂（발레 / 무용 / 국
악）、電影票（영화티켓）。

進入頁面後，選擇日期
（날짜）及場次（회
차）。

按下選擇座位（좌석선
택）按鈕。

確定座位後付款。有些活動可使用韓國國外發行的信用卡付款，若無法使用，則需另行採取匯款的方式。Gmartket 大多不會將商品寄送到海外，故需確定有人能在韓國國內收件，或直接選擇現場取票。

❧ YES24

http://ticket.yes24.com/

提供各項藝文活動的票券訂購服務，也會有經此通路獨家販售的演唱會門票。需加入會員才可購買，加入會員時若選擇「海外居住會員」身份，即不需住民登錄號碼或外國人登錄號碼。但在演唱會門票部分，有時本身必須身為該藝人 Fanclub 會員才可購買。

怎麼應援你家偶像？

❧ 韓國明星的應援色

應援（응원）這個單字指的是支持或加油打氣的意思。應援色算是韓國獨特的追星文化之一，因為各個藝人的應援色通常是由官方制定或統一公佈，故官方也會販售與其藝人應援色相同顏色的手燈、螢光棒或其他相關應援物。如果舉行大規模的音樂活動或拼盤演唱會，只要支持相同藝人的粉絲們全都坐在一起，舉起同樣顏色的應援物，台上藝人就能很快地發現自己的歌迷坐在哪一區。如果是舉行單獨演唱會，全場歌迷都使用相同顏色的應援物，彷彿化為一片美麗海洋，也相當壯觀。

❧ 以下為各主要藝人的官方應援色及應援物：

藝人	應援色	韓文	英文	應援物
H.O.T.	白色	화이트	white	
神話	橘色	오렌지	orange	

藝人	應援色	韓文	英文	應援物
BoA 寶兒	檸檬黃	펄 엘로우	pearl yellow	檸檬黃氣球
東方神起	珊瑚紅	펄 레드	pearl red	氣球 珊瑚紅螢光棒
Super Junior	寶藍色	펄 사파이어 블루	pearl sapphire blue	氣球 토봉이 （星球形狀的藍色手燈）
少女時代	粉玫瑰色	파스텔 로즈	pastel rose	粉玫瑰色心形氣球 粉玫瑰色手燈、螢光棒
SHINee	珍珠湖水綠	펄 아쿠아	pearl aqua	珍珠湖水綠氣球 鑽石型螢光棒
f(x)	珠光淺藍紫色	펄 라이트 페리윙크	pearl light periwinkle	未定
SS501	薄荷綠	펄 라이트 그린	pearl light green	綠色小翅膀螢光棒
KARA	粉膚色	펄 피치	pearl peach	氣球、毛巾螢光棒
Wonder Girls	珍珠葡萄酒紅色	펄 버건디	pearl burgundy	WG 字樣女王手燈
2AM	珠光黑色	펄 블랙	pearl black	氣球
2PM	珠光黑色	펄 블랙	pearl black	氣球 頭頂探照燈 2PM 字樣彩虹光手燈

藝人	應援色	韓文	英文	應援物
BIGBANG	珠光金色	펄 골드	pearl gold	頭巾、皇冠燈
2NE1	桃紅色	핫 핑크	hot pink	撲克牌型手燈
FTISLAND	未定			名為 Pentastick（펜타스틱）的小黃旗 黃色螢光棒
李昇基	珠光薄荷綠	펄 민트	pearl mint	氣球
4minute	珍珠紫羅蘭	펄 바이올렛	pearl violet	官方螢光棒
BEAST	深灰色	다크 그레이	dark gray	官方螢光棒 玫瑰型手燈
MBLAQ	珠光巧克力色	펄 초콜릿	pearl chocolate	未定

🍀 常用應援短句

1. 送禮篇

이것 받아 주세요 .　請收下這個。

以溝ㄊ 爬搭 儲 Say 唷

이것 전해 주세요 .　請幫我轉交。

以溝ㄊ 扯捏 儲 Say 唷

선물이에요 .　這是禮物。

搜恩木哩ㄝ唷

여기에 사인해 주세요 .　請在這裡簽名。

油ㄍㄧ/ㄝ 撒伊捏 儲 Say 唷

2. 示愛篇

저는 ~ 팬이에요 .　我是〜的粉絲。

醜嫩 〜 呸你ㄝ唷

사랑해요 .　我愛你。

撒朗嘿唷

꼭 대만에 와 주세요. 請一定要來台灣。

夠ㄎ 鐵媽捏 哇 儲Say 唷

常見應援用語

화이팅（fighting）：是「加油」的意思。根據韓國的外來語表記法應寫作「파이팅」。由於韓語中沒有f的音，對他們而言f聽起來像是介於h與p之間，故兩者皆有人使用。

花伊ㄊㄧㄥˋ

EX：선수들은 "화이팅!" 하는 함성과 함께 자기 위치로 달려갔다.

搜恩素ㄉㄉㄣ"花伊ㄊㄧㄥˋ"哈嫩 哈姆僧瓜 哈姆gay 掐ㄍㄧ ㄩ七囉 塔兒溜卡ㄊ大

選手們在加油聲中跑向自己的位置。

짱：代表最棒、最好、最厲害等稱讚意義的用語。也當「很、十分、非常、相當」等程度副詞意義使用。

醬

EX：요즘에 인기 짱이다. 最近人氣很旺。

油滋咩 銀ㄍㄧ 醬一打

대박：從「大贏一筆、中大獎」的意義引申出「大賣、大成功、賺大錢」的意思。

鐵巴克

EX：한 가정부인의 아이디어로 만든 청소기가 대박 상품이 되었다.

酣 卡鄭普宜餒 阿一低喔囉 蠻ㄉㄣ 稱SOㄍㄧ嘎 鐵巴克 桑撲咪 腿喔ㄊ大

利用一個家庭主婦的點子設計製作而成的吸塵器成了熱銷商品。

EX：그녀는 이번 영화가 대박을 터뜨릴 것임을 확신했다.

可妞嫩 以剝恩 勇花嘎 鐵巴哥兒 偷ㄉ哩兒 溝系ㄇ兒 花ㄎ西ㄋㄟㄊ打

她相信這次的電影票房一定能夠開出紅盤。

대세（大勢）：原意為「趨勢」，最近也用來形容「很紅、很熱門、很有人氣」等意思。

貼Say

EX：요즘 대세 아이돌은 누구인가요？

油滋姆 貼 Say 阿一都ㄌㄣ 奴故因嘎油？

最近最受歡迎的偶像是誰呢？

食物應援

這也是一種韓國獨特的應援文化，當偶像們正在拍戲、舉辦演唱會或有其他特別活動時，歌迷們為了慰勞辛苦工作的偶像及工作人員，便會為他們準備食物（正餐或零食等）替他們加油打氣，有時候甚至連記者都有份。

另外，贈送「應援米花環」也是類似的概念。當藝人們舉辦 Fan Meeting、演唱會、戲劇製作發表會、電影試映會等各式活動時，為了替偶像應援，海內外歌迷會集資購買米，米的數量從 20 公斤到上百公斤都有。擺放在活動會場的通常只有花環及樣品米，實際上這些數量龐大的米通常會捐贈給藝人所指定的缺糧兒童、饑餓對策機構或慈善單位等。

韓國粉絲們如何幫喜愛的明星慶祝重要的日子？

對粉絲們來說，心愛的偶像生日、出道滿特定天數或年數都是一件大事。韓國粉絲們相當有組織及行動力，會在事前籌劃並募款集資辦活動。一般而言，慶祝出道類通常是購買報紙版面或公車車身廣告，送上自己的祝福和感謝。生日時則會根據明星的喜好，購買禮物送給他們。但相較之下更加有意義的是，有些粉絲會以偶像的名義捐款給慈善機構或弱勢團體。而這樣的風氣也隨著韓流盛行傳到了台灣。

歌曲應援口號

大家在電視上看韓國音樂節目的時候，應該經常可以看到，當明星們在台上載歌載舞的同時，台下觀眾也輸人不輸陣地喊得很起勁的畫面。這是為什麼呢？原來這也是韓國歌壇獨特的應援文化，每當韓國歌手們發行新歌時，官方一般都會為每首主打歌設計歌曲應援口號（通常是安插在拍子的空檔，或者是某些樂句跟著台上一起唱），也因此台下粉絲才能喊得那麼整齊劃一。

若有機會參加韓星們的演唱會，大家只要事前認真地學好韓語，要記下口號自然也就容易多了，到時候，就在場中用力呼口號支持你心愛的偶像，展現你的熱情吧！

經紀公司、電視台往這兒走

知名經紀公司

SM Entertainment　SM 엔터테인먼트

http://www.smtown.com/

旗下藝人：安七炫、BoA、東方神起、Super Junior、少女時代、SHINee、
　　　　　f(x)、EXO

地址：서울특별시　강남구　압구정동　521

　　　首爾特別市江南區狎鷗亭洞 521

JYP

http://www.jype.com/

旗下藝人：朴軫泳、Wonder Girls、2AM、2PM、miss A

地址：

JYP Center

서울시　강남구　압구정로　79 길　41　JYP 센터

首爾市江南區狎鷗亭路 79 道 41 JYP Center

서울시　강남구　청담동　123-50

首爾市江南區清潭洞 123-50（地址寫法不同，但為同一地點）

JYP Training Center

서울시　강남구　도산대로　90 길　7　3-6F

首爾市江南區島山大路 90 道 7　3-6F

YG ENTERTAINMENT　YG 엔터테인먼트

http://www.ygfamily.com/

旗下藝人：PSY、SE7EN、BIGBANG、2NE1

地址：서울시 마포구 합정동 397-5

首爾市麻浦區合井洞 397-5

✖ FNC ENTERTAINMENT　FNC 엔터테인먼트

http://www.fncent.com/

旗下藝人：FTISLAND、CNBLUE、JUNIEL、AOA

地址：서울시 영등포구 당산동 3 가 370 번지 인영빌딩 4 층

首爾市永登浦區堂山洞 3 街 370 番地　Inyeong 大樓 4 樓

❧ 三大電視台官網

✖ MBC　文化廣播公司

Munhwa Broadcasting Corporation

http://www.imbc.com/

韓文原名：文化放送株式會社

（문화방송 주식회사）

著名節目：來玩吧（놀러 와）

無限挑戰

（무한도전）

我們結婚了（우리 결혼했어요）

音樂中心（쇼！음악중심）

✖ SBS　SBS 股份有限公司

Seoul Broadcasting System

http://www.sbs.co.kr/

韓文原名：株式會社 SBS（주식회사 SBS）

著名節目：強心臟（강심장）、Running Man（런닝맨）

人氣歌謠（인기가요）

✻ KBS　韓國放送公社

Korean Broadcasting System

http://www.kbs.co.kr/

韓文原名：韓國放送公社（한국방송공사）

著名節目：Music Bank（뮤직뱅크）、青春不敗（청춘불패）、兩天一夜
（1박2일）

KBS1 館（上）

KBS2 館，《兩天一夜》每次錄開場的場地（右）

搜偶像？這些網站最方便！

🍀 入口網站

✻ NAVER

http://www.naver.com/

可於首頁按下「NEWS」（뉴스）
或「MUSIC」（뮤직）。

進入新聞頁面後，再按下「演藝」（연예），即可得知韓國最新影劇訊息。

於首頁按下「MUSIC」（뮤직）則可掌握韓星最新發片動態及即時音樂榜。

其他常用入口網站：

- Daum　http://www.daum.net/
- NATE　http://www.nate.com/
- me2day　http://me2day.net/
  韓國國內的社群網站、微網誌。類似微博、twitter、facebook等。許多韓星或節目都擁有個人專屬頁面，如BIGBANG、2NE1、2AM、2PM、miss A、f(x)等。

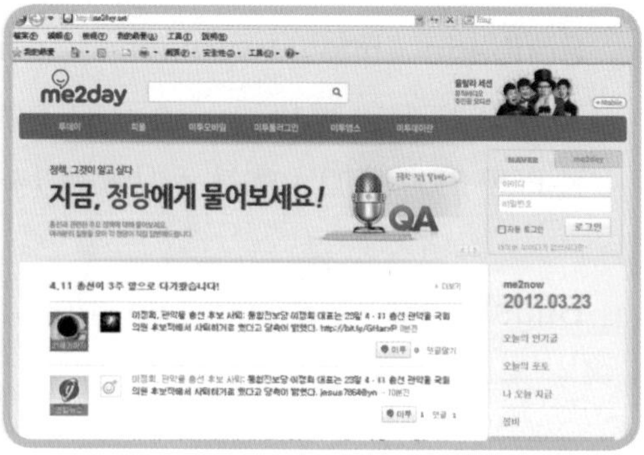

音源網站

MelOn　http://www.melon.com/static/cds/main/web/main_list.html

提供韓國最新音樂訊息，可免費線上試聽 1 分鐘、免費觀看 MV1 分鐘、尋找自己喜愛的歌詞，也可加入會員下載音樂，但加入會員需居住於韓國國內並擁有住民登錄號碼或外國人登錄號碼。

Mnet　http://www.mnet.com/

國際化的音源網站，提供多種語言環境，首頁上即提供各韓流明星最新動態及推特更新等，加入會員無限制，加入後可參加投票等各式活動。

Soribada　http://www.soribada.com/#/

可免費線上試聽片段，也可加入會員付費下載音樂，提供全世界喜愛 K-POP 的人們加入會員，但未滿 14 歲的兒童不可加入。

Bugs!　http://www.bugs.co.kr/

✖ 안녕하세요.　你好。

安妞ㄥ哈 Say 唷

✖ 괜찮아요.　沒關係。

魁恩掐哪油

✖ 네 / 예　是的。

餒／爺

✖ 아니에요 / 아니요.　不是。

阿尼ㄝ唷／阿尼唷

✖ 한국어 몰라요.　我不懂韓文。

酣辜狗 摩兒辣油

✖ 저기요.　不好意思。（呼喚店員時的用語）

醜ㄍㄧ油

✖ ~ 주세요.　請給我～。

～ 儲 Say 唷

✖ 안 맵게 해 주세요.　請做成不辣的。

安 每ㄆ給 嘿 儲 Say 唷

✖ 너무 맵지 않게 해 주세요.　請不要太辣。

挪木 每ㄆ機 安 K 嘿 儲 Say 唷

✖ 포장해 주세요.　我要外帶（請幫我包起來）。

PO 醬嘿 儲 Say 唷

✖ 감사합니다 / 고맙습니다 / 고마워요.　謝謝。

卡姆撒哈姆尼達／口媽ㄆ思姆尼達／口媽我油

✖ 이 것 얼마예요?　這個多少錢？

以 科ㄊ 兒麻ㄝ油？

✖ 너무 비싸요.　太貴了。

挪木 皮撒油

- 좀 깎아 주세요 .　請算便宜點。

  鐘姆 嘎嘎 儲 Say 唷

- 카드 돼요 ?　可以用信用卡嗎？

  咖ㄉ 腿油？

- 입어 봐도 돼요 ?　可以試穿嗎？

  以剝 pwa 都 腿油？

- ~ 돼요 ?　可以～嗎？

  ～ 腿油？

- 다른 ~ 있어요 ?　有其他的～嗎？

  塔ㄌㄣ ～ 宜搜油？

- ~ 부탁해요 .　麻煩（請）～。

  ～ 普他 K 油

- ~ 은／는 어디예요 ?　～在哪裡？

  ～恩／嫩 偶滴ㄝ唷？

- ~ 은／는 어떻게 가요 ?　～要怎麼去？

  ～恩／嫩 偶都 K 卡油？

- 이 근처에 ~ 있어요 ?　這附近有～嗎？

  宜 肯抽ㄝ ～ 宜搜油？

- 몸이 아파요 .　我身體不舒服。

  謀咪 阿帕油

- 도와 주세요 .　請幫幫我。

  頭哇 儲 Say 唷

- 살려 주세요 .　救命／救救我！

  撒兒溜 儲 Say 唷

Chapter 3

泡菜公主
快速學韓文的
私房秘技大公開

♣ 文字結構

韓文是長得像方塊字的拼音文字，和注音符號有異曲同工之妙。韓文的母音基本上長得都像是直線及橫線的組合。

子音和母音在組合時有兩大組合方法：

♣「子音＋母音」

子音一律加在直的母音左邊、橫的母音上面，以及複合母音的左上方

例：하＝ㅎ＋ㅏ、요＝ㅇ＋ㅛ、귀＝ㄱ＋ㅟ

♣「子音＋母音＋子音」

當作為尾音的子音出現，一律放在整個字的正下方（複合子音請當作一個子音看）

例：합、있

♣ 母音

ㅏ

羅馬拼音 a
類似中文的「啊、ㄚ」。

ㅑ

羅馬拼音 ja
比ㅏ多了一條線，就在ㅏ前面加上一個「伊、一」的音，
「一＋ㄚ＝一ㄚ」，類似中文的「呀、一ㄚ」。

ㅓ

羅馬拼音 ɔ
類似中文的「喔、ㄛ」，但其實並不非常準確，

如果你會說台語，那麼這個字和台語中「許」
這個字的母音發音位置及嘴型有點類似。

羅馬拼音 jɔ

ㅕ

比ㅓ多了一條線，就在ㅓ前面加上一個「伊、一」的音，
「一 + ɔ」，類似中文的「唷、一ㄛ」

羅馬拼音 o

ㅗ

類似中文的「歐、ㄡ」，注意嘴型要縮得圓圓的

羅馬拼音 jo

ㅛ

比ㅗ多了一條線，就在ㅗ前面加上一個「伊、一」的音，「一
+ㄡ＝一ㄡ」，類似中文的「呦、一ㄡ」，注意嘴型一樣要縮
得圓圓的。

羅馬拼音 u

ㅜ

類似中文的「巫、ㄨ」

羅馬拼音 ju

ㅠ

比ㅜ多了一條線，就在ㅜ前面加上一個「伊、一」的音，「一
+ㄨ＝一ㄨ」，這個字比較接近英文的「U」。

羅馬拼音 ŭ

ㅡ

把嘴角左右拉開拉平，使嘴型呈現和這個母音相同的樣子，發
類似「呃、ㄜ」的音。

羅馬拼音 i

ㅣ

類似中文的「伊、一」。

ㅐ
ㅔ

羅馬拼音 ɛ ／ e

這兩個母音雖然有細微的不同，但現代韓語年輕使用者
已經幾乎完全分不出兩者的差別，皆發成「ㄝ」。

ㅒ
ㅖ

羅馬拼音 jɛ ／ je

❶ 一般而言，這兩個母音比 ㅐ、ㅔ 各多了一條線，就在 ㅐ、ㅔ
前面加上一個「伊、一」的音，「一＋ㄝ＝ㄝ」，類似中文
的「耶、一ㄝ」。

例：서예（書藝）書法

　　搜耶

　　얘기　故事、話（是「이야기」的縮約型）

　　耶《一

❷ 「ㅖ」前方有必須發音的子音時會念成「ㄝ」。

例：시계（時計）鐘、表

　　西給

ㅚ
ㅙ
ㅞ

羅馬拼音 wɛ ／ wæ ／ we

這三個母音雖然有細微的不同，但現代韓語年輕使用者已經幾
乎完全分不出三者的差別，皆發成「ㄨㄝ」。

ㅟ

羅馬拼音 wi

類似中文的「ㄩ」。

ㅘ

羅馬拼音 wa

類似中文的「ㄨㄚ」。

ㅕ 　羅馬拼音 wɔ

類似中文的「ㄨㄛ」。

ㅢ 　羅馬拼音 üi／i／e

有三個讀音：

❶ 一般把「ㅡ」和「ㅣ」和起來念：「ㄜ i」。

　　例：의견（意見）意見

　　　　ㄜi ㄍㄧㄡˋ 恩

❷ 前方有必須發音的子音或「不是單字的第一個音」時念
　　「伊、一」。

　　例：저희　我們

　　　　扯ㄏㄧˋ

　　　　예의（禮儀）禮儀

　　　　也義

❸ 當它的文法意義為「名詞的所有格」時念「ㄝ」

　　！有用記憶法：這裡和台語的「的」念起來很像！

　　例：너의 미소　你「的」微笑

　　　　挪ㄝ 迷搜

　　　　우리의 꿈　我們「的」夢想

　　　　無力ㄝ 固姆

　　　　서울의 날씨　首爾「的」天氣

　　　　搜悟咧 拿兒系

✿ 子音

<table>
<tr><td>ㄱ</td><td>

羅馬拼音 k/g

❶ 放在「單字的第一個音」時，發 k，類似中文的「ㄎ」。

　　例：가을　秋天

　　　　卡餓兒

❷ 當它不是「單字的第一個音」時，發 g，類似中文的「ㄍ」。

　　例：고기　肉

　　　　ㄎㄛㄍ一

❸ 當它在「子音＋母音＋子音」中當尾音時，發 k，有種卡在喉嚨的感覺。

　　例：역（驛）　車站

　　　　有 k

</td></tr>
</table>

<table>
<tr><td>ㄴ</td><td>

羅馬拼音 n

❶ 當它在「子音＋母音＋子音」中當第一個音時，類似中文的「ㄋ」。

　　例：나라　國家

　　　　那拉

❷ 當它在「子音＋母音＋子音」中當尾音時，類似中文的「ㄣ」。

　　例：안　裡面

　　　　安

</td></tr>
</table>

<table>
<tr><td>ㄷ</td><td>

羅馬拼音 t/d

❶ 放在「單字的第一個音」時，發 t，類似中文的「ㄊ」。

　　例：다리　腿，腳

　　　　他力

</td></tr>
</table>

❷ 當它不是「單字的第一個音」時，發 d，類似中文的「ㄅ」。

例：바다　海

　　趴打

❸ 當它在「子音＋母音＋子音」中當尾音時，發 t，有種卡在喉嚨的感覺。

例：받다　獲得，接受，收到，得到

　　爬ㄊ大

ㄹ 羅馬拼音 r/l

❶ 當它在「子音＋母音＋子音」中當第一個音時，類似中文的「ㄌ」。

例：라면　泡麵

　　拉謬恩

❷ 當它在「子音＋母音＋子音」中當尾音時，類似中文的「ㄦ」或捲舌音。

例：말　話語

　　罵ㄦ

ㅁ 羅馬拼音 m

❶ 當它在「子音＋母音＋子音」中當第一個音時，類似中文的「ㄇ」。

例：무지개　彩虹

　　姆雞給

❷ 當它在「子音＋母音＋子音」中當尾音時，類似英文的「m」，注意發音時嘴巴要閉緊。

例：밤　夜晚；栗子

　　爬 m

羅馬拼音 p/b

❶ 放在「單字的第一個音」時，發 p，類似中文的「ㄆ」。

例：바보　笨蛋

　　趴波

❷ 當它不是「單字的第一個音」時，發 b，類似中文的「ㄅ」。

例：아버지　爸爸

　　啊ㄅ擠

❸ 當它在「子音＋母音＋子音」中當尾音時，發 p，注意發音時嘴巴要閉緊。

例：밥　飯

　　爬p

羅馬拼音 s

❶ 當它在「子音＋母音＋子音」中當第一個音時，發 s，類似中文的「ㄙ、ㄒ」。

例：사전（**辭典**）　辭典，字典

　　撒這恩

❷ 當它在「子音＋母音＋子音」中當尾音時，發 t，有種卡在喉嚨的感覺。

例：옷　衣服

　　偶ㄊ

羅馬拼音 ŋ

❶ 當它在「子音＋母音＋子音」中當第一個音時，不發音。

例：아들　兒子

　　阿德兒

❷ 當它在「子音＋母音＋子音」中當尾音時，發 ŋ，類似中文的「ㄥ」。

例：빵　麵包
　　棒

羅馬拼音 dz/ch

❶ 放在「單字的第一個音」時，發 tʃ，類似中文的「ㄑ、ㄐ」

例：자리　位置，座位，位子，地方
　　掐利

　　제주도（濟州島）　濟州島
　　茄豬鬥

❷ 當它不是「單字的第一個音」時，發 dʒ，類似中文的「ㄐ、ㄓ」。

例：기자（記者）　記者
　　key 假

　　맥주（麥酒）　啤酒
　　每ㄅ住

❸ 當它在「子音＋母音＋子音」中當尾音時，發 t，有種卡在喉嚨的感覺。

例：찾다　尋找
　　掐ㄊ大

♣ 有氣音系列

羅馬拼音 ch

❶ 當它在「子音＋母音＋子音」中當第一個音時，和長得跟它很像的「ㅈ」一樣發 tʃ，類似中文的「ㄑ、ㄐ、ㄘ」，只是ㅊ發出的氣更多（大約是放一張白紙在面前可以吹動紙張的程度，有氣音皆是如此）。

例：최고（**最高**）　　最好，最棒，最厲害
催狗

❷ 當它在「子音＋母音＋子音」中當尾音時，發 t，有種卡在喉嚨的感覺。

例：빛　光，光線
批ㄊ

ㅋ　羅馬拼音 k

❶ 當它在「子音＋母音＋子音」中當第一個音時，和長得跟它很像的「ㄱ」一樣發 k，類似中文的「ㄎ」，只是ㅋ發出的氣更多。

例：코　鼻子
扣

❷ 當它在「子音＋母音＋子音」中當尾音時，發 k，有種卡在喉嚨的感覺。

例：부엌　廚房
僕喔ㄎ

ㅌ　羅馬拼音 t

❶ 當它在「子音＋母音＋子音」中當第一個音時，和長得跟它很像的「ㄷ」一樣發 t，類似中文的「ㄊ」，只是ㅌ發出的氣更多。

例：사투리　方言
撒禿里

❷ 當它在「子音＋母音＋子音」中當尾音時，發 t，有種卡在喉嚨的感覺。

例：끝　終結，結束，末端
歌ㄊ

ㅍ 羅馬拼音 p

❶ 當它在「子音＋母音＋子音」中當第一個音時，和長得跟它很像的「ㅂ」一樣發 p，類似中文的「ㄆ」，只是 ㅍ 發出的氣更多。

例：양파　洋蔥
　　洋帕

❷ 當它在「子音＋母音＋子音」中當尾音時，發 p，注意發音時嘴巴要閉緊。

例：앞　前面，前方；未來
　　啊ㄆ

ㅎ 羅馬拼音 h

❶ 當它在「子音＋母音＋子音」中當第一個音時，類似中文的「ㄏ」。

例：효과（效果）　效果
　　ㄏㄧㄡ寡

❷ 當它在「子音＋母音＋子音」中當尾音時，原則上發 t，有種卡在喉嚨的感覺。

例：히읗
　　ㄏㄧˊ乙ㄊ

❸ 後面遇到母音不發音。

例：좋아요　好
　　醜啊油

✤ 雙子音（硬音）系列

這一系列的子音聽起來很像是中文的四聲，或濁音。

ㄲ 羅馬拼音 g

❶ 當它在「子音＋母音＋子音」中當第一個音時，發 g，類似
中文的「ㄍ」。

例：까마귀　烏鴉
　　嘎媽ㄎㄩ

❷ 當它在「子音＋母音＋子音」中當尾音時，發 k，有種卡在
喉嚨的感覺。

例：닦다　刷、擦拭
　　搭ㄎ大

ㄸ 羅馬拼音 d

❶ 當它在「子音＋母音＋子音」中當第一個音時，發 d，類似
中文的「ㄉ」。

例：딸　女兒
　　大兒

❷ 沒有以ㄸ當尾音的單字。

ㅃ 羅馬拼音 b

❶ 當它在「子音＋母音＋子音」中當第一個音時，發 b，類似
中文的「ㄅ」。

例：바쁘다　忙碌
　　爬ㄅ打

❷ 沒有以ㅃ當尾音的單字。

ㅆ

羅馬拼音 s

❶ 當它在「子音＋母音＋子音」中當第一個音時，發 s，類似中文的「ㄙ、ㄒ」。

例：○○○씨　○○○先生／小姐

　　○○○系

❷ 當它在「子音＋母音＋子音」中當尾音時，發 t，有種卡在喉嚨的感覺。

例：있다　有

　　以ㄊ大

ㅉ

羅馬拼音 dz/zh

❶ 當它在「子音＋母音＋子音」中當第一個音時，發 dʒ，類似中文的「ㄐ、ㄓ」。

例：김치찌개　泡菜鍋

　　Kim 器機給

❷ 沒有以ㅉ當尾音的單字。

✤ 複合子音

複合子音由兩個不同的子音組合而成，通常使用在尾音的位置，平常只發其中一個音，但遇到必須連音的狀況時兩個子音都要發音。（第一個子音留在原地，第二個子音往後連）下面整理出一些可能較利於初學者記憶發音的規則。

看到兩個子音中有「ㄱ」的都念「ㄱ」。

例：넋　靈魂

　　挪ㄎ

　　닭　雞

　　塔ㄎ

ᆪ

ᆭ

看到兩個子音中有「ㄴ」的都念「ㄴ」。

例：앉다　坐
　　安大

　　많다　多
　　蠻踏

ᆭ

ᆶ

看到兩個子音中有「ㅎ」的，「ㅎ」都不發音，就算連音時也一樣。

例：싫다　討厭
　　西兒踏

　　必須連音的情況：싫어！
　　　　　　　　　西樓

ᆱ

ᆵ

ᆹ

看到兩個子音中有「ㅁ」「ㅍ」「ㅂ」這類長得像是四方形的子音，都優先念這些子音，唯獨「ㄼ」例外。「ㄼ」的發音不規則。

例：굶다　餓
　　哭姆大

　　읊다　吟詠
　　乙ㄆ大

　　없다　沒有
　　偶ㄆ大

ᆲ

「ㄼ」的發音不規則，有些單字念「ㄹ」，有些單字念「ㅂ」。這部分可能只能靠記憶。

念「ㄹ」：여덟　八
　　　　　唷德兒

　　　　　넓다　寬廣、廣闊
　　　　　挪兒大

짧다 短
家兒大

念「ㅂ」：밟다 踏、踩
爬ㄆ大

ㄺ **ㄾ**

排除上述複合母音後，其餘兩個有「ㄹ」的子音念「ㄹ」。

例：돐 週歲
駝兒

핥다 舔
哈兒大

連音規則

❶ 遇到下一個字的第一個子音為不發音的ㅇ時，前一個字的尾音要連到後一個字念。當後方的詞「表文法作用，沒有實際意義」時，連音時請發「子音原來的音」。

例：약속（約束） 約定 → 약속을
牙ㄎ SO ㄎ　牙ㄎ SO ㄍ兒

유산（遺產） 遺產 → 유산을
U 散　U 撒呢兒

일 事情 → 일이
伊兒　伊哩

제품（製品） 產品 → 제품이
切噗姆　切噗咪

밥 飯 → 밥을
爬ㄆ　爬ㄅ兒

것 東西 → 것을
溝ㄊ　溝思兒

낮 白天	→	낮이	
哪ㄊ		哪機	
빛 光	→	빛이	
批ㄊ		批七	
부엌 廚房	→	부엌에서	
僕喔ㄎ		僕喔 K 搜	
솥 鍋子	→	솥을	
搜ㄊ		搜去兒	
옆 旁邊	→	옆에	
油ㄆ		油配	
닦다 擦、刷	→	닦아요	
搭ㄎ大		搭嘎油	
있다 有	→	있으세요	
以ㄊ大		以思 Say 唷	

❷ 當必須連音的兩個詞「都有實質意義」時，第一個字的尾音
先改變再往後連。

例：못 無法（副詞）＋하다 做（動詞）

　　某ㄊ　　　　　　　　　哈打

　　→못하다 不會、不能、沒辦法

　　　某他打

❸ 複合子音連音時，將第一個子音留在原地，第二個子音往後
連。

例：틀림없이 　特兒哩某ㄆ系

　　없어요 　喔ㄆ搜油

　　읽으세요 　已而ㄍ Say 唷

228

❹ 一般使用漢字的詞語也直接連音。

例：연애（戀愛）　戀愛
　　油內

　　목요일（木曜日）　星期四
　　某ㄍㄧㄡ易兒

❺ 遇到下一個字的第一個子音為ㅎ時，前一個字的尾音也要往後連音。
較具爭議性的是前面遇到「ㄴ、ㄹ、ㅁ」三個子音時，有人會念成連
音但也有人不連音。

例：부탁하다（付託－）　託付、委託、拜託
　　普他咖打

　　전화（電話）　電話
　　扯ㄋㄨㄚ、

　　결혼（結婚）　結婚
　　ㄎㄧㄡ漏恩

　　답답하다　煩悶、焦急
　　他ㄅ搭趴打

電腦鍵盤 V.S 韓文字母

🍀 **如何在 Windows XP 系統下叫出韓文輸入法?**

在文字工具列的「CH」字樣上按右鍵→選擇「設定值」→按下「已安裝的服務」處的「新增」按鈕→在「輸入語言」選單中選擇韓文,按確定→再按一次確定,即可在文字工具列中選擇 KO 韓文→按左邊數來第三個圖示「A」,變為「가」時即為韓文模式。

🍀 **韓文鍵盤對照表**

Q ㅂ	W ㅈ	E ㄷ	R ㄱ	T ㅅ	Y ㅛ	U ㅕ	I ㅑ	O ㅐ	P ㅔ
A ㅁ	S ㄴ	D ㅇ	F ㄹ	G ㅎ	H ㅗ	J ㅓ	K ㅏ	L ㅣ	
	Z ㅋ	X ㅌ	C ㅊ	V ㅍ	B ㅠ	N ㅜ	M ㅡ		

左手邊:子音　右手邊:母音
左手邊最下面一排:有氣音

🍀 **如何輸入韓文**

和書寫韓文時的順序相同,每個字只要依照「子音+母音+子音」、「從左到右」的順序輸入就不會有問題,可說是相當有趣,請大家一定要在自己的電腦上試試看～。

🍀 **特殊輸入**

🍀 輸入ㅚ、ㅙ、ㅞ、ㅟ、ㅘ、ㅝ、ㅢ等母音時,請先輸入左下方母音。
例:ㅟ　RNL
　　환　GHKS

❧ 雙子音

ㅃ：Shift + Q

ㅉ：Shift + W

ㄸ：Shift + E

ㄲ：Shift + R

ㅆ：Shift + T

❧ 複合母音

ㅐ：Shift + O

ㅔ：Shift + P

❧ 小練習

EX：李昇基（이승기）

　　DL ／ TMD ／ RL

EX：CNBLUE（씨엔블루）

　　（Shift + T）L ／ DPS ／ QMF ／ FN

♣ 選擇漢字

打出一個韓文字後，在游標依然在該字上「反白閃動」時按下「Ctrl鍵」，就可以看到在韓文中有哪些漢字可以如此發音。例：

任意打出一個韓文字。

游標仍在字上「反白閃
動」時按下「Ctrl 鍵」。

即出現漢字選擇方框。

♣ 數字

韓語中的數字念法有兩個系統，一個是漢字語，另一個是純韓語。漢字語顧名思義就是受中國影響的用法，念起來和中文會有一點點類似，用於年月日、金額、外來語單位前、時刻中的「幾分」等。而純韓語則是韓國自己原有的數字念法，常用於年齡（接單位詞살或不加）、單位詞前、時刻中的「幾點」等。

♣ 漢字語

一	二	三	四	五	六	七	八	九	十	百	千	萬	億	兆
일	이	삼	사	오	육	칠	팔	구	십	백	천	만	억	조
義兒	義	薩姆	薩	偶	Ｕㄎ	棄兒	怕兒	哭	系ㄆ	陪客	抽恩	慢	喔ㄎ	臭

♣ 純韓語

一	二	三	四	五	六	七	八	九	十
하나	둘	셋	넷	다섯	여섯	일곱	여덟	아홉	열
哈那	兔兒	set	net	塔搜ㄊ	油搜ㄊ	宜兒溝ㄆ	油得兒	阿夠ㄆ	油兒

二十	三十	四十	五十	六十	七十	八十	九十
스물	서른	마흔	쉰	예순	일흔	여든	아흔
斯木兒	搜ㄌㄣˋ	馬恨	遜	也孫	已ㄌㄣˋ	油ㄌㄣˋ	阿恨

♣ 月份

一月	일월		七月	칠월
二月	이월		八月	팔월
三月	삼월		九月	구월
四月	사월		十月	시월
五月	오월		十一月	십일월
六月	유월		十二月	십이월

🍀 星期

星期日	일요일	日曜日		星期四	목요일	木曜日
星期一	월요일	月曜日		星期五	금요일	金曜日
星期二	화요일	火曜日		星期六	토요일	土曜日
星期三	수요일	水曜日				

🍀 季節

春 봄　夏 여름　秋 가을　冬 겨울　季節 계절

🍀 韓國網路用語

我們常說「語言是活的」，其中一個原因就是因為語言會隨著時代變化產生新的意義、新的用法。目前我們身處網路時代，又有好多韓星愛用推特（Twitter）與粉絲們分享訊息，除了一般文字訊息之外，我們該如何從字裡行間掌握住他們一些語氣與心情的變化呢？一起來看一看吧！

🍀 狀聲詞類：

嗯？下面這些韓文字怎麼幾乎都沒有母音？原來這些都是韓國網路上常用的狀聲詞，只要你會這些子音的發音，多少就能猜出來囉！跟台灣的注音文是不是有點相像呢？

ㅋㅋ：類似台灣網友們會使用的「科科」，代表笑聲。

ㅎㅎ：表示「哈哈、呵呵、嘻嘻」等笑聲。

ㅉㅉ：「嘖嘖」。

ㄷㄷ：厲害或可怕到讓人發抖（'덜덜' 떨리다），看見驚人的、意料之外的事物時使用，類似「抖抖」。

헐、헉：驚訝時使用，有「嚇」或「倒抽一口氣」的感覺。

🍀 表情符號類：

這類與文字的發音無關，而是使用文字生動地「畫出」話者的表情，

與台灣常用的「XD」屬於同一類。

ㅠㅠ、ㅜㅜ：哭臉

ㅇㅅㅇ、ㅇㅁㅇ、ㅁㅅㅁ：感到驚訝的臉

ㅇㅅㅇ、ㅎㅅㅎ、ㅇㅂㅇ：表示「靜靜觀看」，但也常單純當表情符號使用，不帶有特別情緒

ㅣㅅㅣ：表示「無言」

🍀 語尾變化類：

在一般正常的語尾後方加上一個ㅇ（-ng）的尾音，如～습니당、～용等等，是種表示「裝可愛」的用法，不過使用時要當心，因為太過刻意裝可愛有時也是會令人覺得很欠揍的。

國家圖書館出版品預行編目 (CIP) 資料

韓飯必學韓文課 / 人蔘姬, 泡菜公主著 . -- 初版 . -- 新北市 : 智富 , 2016.03
面 ； 公分 . -- (宅配到腐 ; 2)

ISBN 978-986-6151-91-0(平裝)

1. 韓語 2. 讀本

803.28　　　　105002326

宅配到腐 2

韓飯必學韓文課

作　　者／人蔘姬、泡菜公主
主　　編／簡玉芬
責任編輯／陳文君
版面設計／米咪（ chunan.snowbell@gmail.com ）
出 版 者／智富出版有限公司
地　　址／（ 231 ）新北市新店區民生路 19 號 5 樓
電　　話／（ 02) 2218-3277
傳　　真／（ 02) 2218-3239（訂書專線）‧（ 02) 2218-7539
劃撥帳號／ 19816716
戶　　名／智富出版有限公司
　　　　　　單次郵購總金額未滿 500 元（含），請加 50 元掛號費
世茂出版集團／ www.coolbooks.com.tw
製　　版／辰皓國際出版製作有限公司
印　　刷／祥新印刷股份有限公司
初版一刷／ 2016 年 3 月

ISBN ／ 978-986-6151-91-0
定　　價／ 340 元

Printed in Taiwan

＊本書原名《追星韓語，就要醬學》，今修正並更名為《韓飯必學韓文課》
重新發行。